Déclaration des p
Déclaration de Mau

# Maria
# Chapdelaine

# Louis Hémon
# Maria Chapdelaine

Récit du Canada français

Avant-propos de Nicole Deschamps.
Notes et variantes, index des personnages
et des lieux, par Ghislaine Legendre.

Boréal

Photo de la couverture: Pierre Dury

Le texte intégral de *Maria Chapdelaine* a été porté à l'écran au
Canada par les Productions de Films Astral Ltée en collaboration
avec la Société Radio-Canada et la Société Nationale de Programmes
TF1. Produit par Harold Greenberg, le scénario est signé par Gilles
Carle et Guy Fournier; Carole Laure y tient le rôle titre.

© Les Éditions du Boréal, Montréal
Dépôt légal: 1er trimestre 1988
Bibliothèque nationale du Québec

*Données de catalogage avant publication (Canada)*

Hémon, Louis, 1880-1913. Maria Chapdelaine
(Boréal compact ; 1)
I. Legendre, Ghislaine. II. Titre. III. Collection.
PQ2615.E35M3 1988      843'.912      C88-096021-3
ISBN 2-89052-221-0

# Avant-propos

Établie d'après le manuscrit et accompagnée d'un relevé des principales variantes ainsi que d'un index des personnages et des lieux, la présente édition de *Maria Chapdelaine* permet enfin une lecture intégrale du célèbre récit de Louis Hémon. Après soixante-six ans d'exploitation intempestive de son oeuvre, le *survenant* de Péribonka, dont on célèbre cette année le centenaire de la naissance, méritait certainement l'hommage d'être, pour la première fois, entendu suivant le texte qu'il avait vraiment écrit.

Le fait que *Maria Chapdelaine* ait été transmis *censuré* par ses premiers éditeurs serait en soi un fait banal s'il ne confirmait pas le prodigieux détournement de sens qui a long-temps transformé ce conte de neige et d'absence en allégorie triomphaliste. La gloire posthume qui s'attache au nom de Louis Hémon n'aura fait qu'entretenir une série de malenten-dus dont le premier concerne la lettre de son « récit du Canada français ».

Depuis 1966, le manuscrit de *Maria Chapdelaine, récit du Canada français* et une copie au carbone sont conservés à l'Université de Montréal, collection de la Bibliothèque. Le texte est dactylographié en bleu, à double interligne, sur un papier plutôt mince dont Hémon n'utilise que le recto. L'ensemble est grossièrement relié par une ficelle qui retient les feuilles par le haut. Des corrections ont été apportées au texte par l'auteur lui-même, au cours de la rédaction et au cours de sa relecture du manuscrit. Dans ce dernier cas, les corrections sont faites à la mine sur l'original et sur la copie. Mineures et relativement rares, elles sont d'ordre stylistique ou concernent la ponctuation: choix d'un terme plus précis: remplacement d'un mot par un équivalent, le mot apparaissant déjà une fois dans le contexte; substitution d'un temps par un autre (le présent au lieu de l'imparfait): insertion de virgules, d'accents, de cédilles, de points d'exclamation.

On sait que *Maria Chapdelaine* a d'abord paru en feuilleton à Paris, du 27 janvier au 19 février 1914, dans le quotidien *Le Temps*. Louis Hémon n'était pas un inconnu des rédacteurs du journal puisque, six ans auparavant, ils avaient publié l'une de ses meilleures nouvelles londoniennes, *Lizzie Blakeston*. L'avis du premier jury de lecteurs qui a recommandé la publication de *Maria Chapdelaine* est passé à l'histoire: « Charmant récit, écrit d'une langue alerte et facile. De l'intérêt, de la grâce. L'auteur décrit avec sympathie la rude existence des paysans canadiens, leur lutte incessante avec les éléments, le froid terrible, la terre hostile, la solitude effrayante des grands bois — les simples événements de leurs vies primitives, joies et douleurs, mariages et deuils ». Rien dans cette appréciation à la fois élogieuse et mesurée ne laisse pressentir la future surenchère qui fera de *Maria Chapdelaine* un « immortel chef-d'oeuvre » et de Louis Hémon un Racine, un Virgile, un Homère... Mais il est sans doute réconfortant de savoir qu'au départ, dans sa forme originelle, le récit de Hémon avait su parler à ses lecteurs et s'en faire entendre.

L'édition du *Temps* a été établie à partir d'une deuxième copie au carbone que Louis Hémon avait envoyée de Montréal en même temps qu'il adressait l'original et la première copie à son nom à l'adresse de sa famille à Paris. Cette copie est perdue. D'après une note manuscrite, rédigée par Marie Hémon, la sœur de l'auteur, et incluse dans la chemise contenant le manuscrit et la première copie, elle aurait été « détruite par les collaborateurs du Temps ». On peut affirmer qu'elle est identique à la première copie et à l'original et qu'elle porte exactement les mêmes corrections, le feuilleton du *Temps* ne s'écartant pas, sur ce point, du texte définitif établi par l'auteur.

Seule édition qui ait eu accès à une copie du manuscrit dont elle s'écarte pourtant une centaine de fois, l'édition du *Temps* sert de modèle aux éditions postérieures de LeFebvre et de Grasset. Elle multiplie les paragraphes, subdivise les phrases trop longues, introduit des corrections d'ordre stylistique ou syntaxique, restitue les minuscules aux majuscules (systématiquement employées par Hémon pour les mots désignant les mois et les points cardinaux), élimine de la ponctuation les points de suspension et le tiret devant une proposition finale, intervient, mais avec prudence, sur le plan de la ponctuation et modifie la présentation des dialogues: le tiret remplace les guillemets.

À ces interventions qui tendent à normaliser le texte s'en ajoutent d'autres qui le déforment franchement. La pire de ces initiatives, hélas imitée par toutes les éditions postérieures, consiste à isoler entre guillemets les canadianismes, archaïsmes et anglicismes reconnus comme tels, que l'auteur avait lui-même assimilés à sa façon d'écrire. Cette règle est d'ailleurs observée avec une certaine fantaisie: des mots comme « *rang* », « *adon* », « *mouiller* », « *planche* », « *règne* », « *job* », « *toffer* », « *chars* » sont accompagnés de guillemets alors que *boucane, foreman, chaudière, couverte* ne le sont pas. On peut également repérer des lectures fautives dont quelques-unes, répétées depuis, rendent certains passages incompréhensibles. Dès les premières pages de *Maria Chapdelaine*, on découvre avec surprise que « la terre avait gelé avant les *dernières* neiges » (Hémon avait écrit correctement « avant les *premières* neiges ») et le célèbre passage des voix confond *racine* avec *race, plan de continent* avec *pan de continent*. Plus difficilement décelables sont les substitutions de termes par ignorance de la réalité canadienne: l'expression courante *c'est de valeur* devient *c'est de malheur, avant-midi* se lit *après-midi* puisqu'on *dîne* ensuite, *canayen* redevient *canadien*...

Il faut souligner l'étonnante liberté du manuscrit quant à l'usage des termes locaux. À une époque où Adjutor Rivard, découvrant les richesses d'expression de la langue parlée par ses compatriotes, cultive les canadianismes comme des plantes rares, les enchâsse dans ses écrits comme des mots à part, Louis Hémon les utilise sans maniérisme, comme les matériaux efficaces de la langue qu'il recrée dans son récit. Audace qui s'ignore et qu'on pourrait sans doute apparenter à la recherche des écrivains québécois contemporains. Pas plus qu'eux, Hémon ne signale l'étrangeté, le pittoresque ou l'exotisme du vocabulaire qu'il emploie. Et comme eux, il écrit en français.

Sur ce point, les rédacteurs parisiens du *Temps* n'ont ni compris, ni respecté la lettre du manuscrit qu'ils transcrivent par ailleurs assez fidèlement. Déjà s'impose une façon de lire le « récit du Canada français » suivant des normes qui lui sont extérieures. La mise entre guillemets du parler québécois fait désormais partie du texte de Hémon: en quelque sorte, elle a commencé à le coloniser. Orientée dans cette voie, la première édition canadienne fera mieux encore.

Aujourd'hui précieux objet de collection pour les bibliophiles, l'édition LeFebvre, publiée à Montréal en 1916, copie *Le Temps* avec relativement peu d'écarts mais ceux-ci, intro-

duits par Louvigny de Montigny, sont d'un grand intérêt socio-
logique parce qu'ils reflètent d'une façon simpliste l'idéal
culturel de la société québécoise au début du 20e siècle. Un prêtre parle: *toué* devient *toi* et *viens un peu par icitte, toué* disparaît du récit. Les élégances de langage ne sont d'ailleurs pas
réservées aux personnages ecclésiastiques. Systématiquement,
*ouais* est remplacé par *oui* et *ciboire!* devient *vingt-gueux!*...
Paradoxalement, l'édition canadienne est celle qui cherche le
plus à se conformer au français normatif. Elle écrit *la mère*
plutôt que *sa mère*, corrige *atacas* en *atocas* et modernise l'in-
cise *fit-il* en *dit-il*. Comme édition intermédiaire, elle est
cependant utile au niveau de la toponymie et dans sa correction de certains termes de civilisation (ces animaux, par exemple, que Hémon faisait rentrer dans l'étable pour l'hiver dès
la fin de septembre...). Pour Grasset, elle sera le contact indis-
pensable avec le Canada français.

Si les « corrections » de Louvigny de Montigny, respec-
tueusement soumises au père de l'auteur et approuvées par lui,
contribuent à coloniser un peu plus le texte de Louis Hémon, la
présentation du livre comme un objet prestigieux y réussit
avec des moyens plus percutants. Que le futur lecteur de *Maria
Chapdelaine* soit rassuré! Même un « récit du Canada français » ne saurait le décevoir: celui-ci est un « modèle de littéra-
ture *canadienne* », et puis il est « précédé de deux préfaces: par
M. Émile Boutroux, de l'Académie française, et par M. Louvigny de Montigny, de la Société royale du Canada», il a été
« honoré d'une souscription du Secrétaire d'État du Canada et
du Secrétaire de la province de Québec», il est accompagné
« d'illustrations originales » par Suzor-Côté, artiste local dont
la maîtrise technique est appréciée par toutes les académies
régnantes.

Loin de révéler l'originalité du livre, proposé d'emblée
comme un modèle à imiter, cet étalage dans la présentation
détourne l'attention du texte lui-même en la fixant sur des
normes fictives: le chef-d'oeuvre idéal, le Canada français

idéal. Parallèlement à l'initiative des rédacteurs du *Temps* qui soulignent l'exotisme du vocabulaire, les illustrations de Suzor-Côté sont des mises entre guillemets de la réalité québécoise décrite par Hémon. Personnages, objets, animaux, paysages, la première imagerie inspirée par *Maria Chapdelaine* appartient déjà au *folklore*. Ce ne sont plus des mots pittoresques qui sont isolés du contexte, c'est tout le « récit du Canada français » qui ne s'appartient plus.

Enfin, l'édition Grasset, établie par Daniel Halévy pour inaugurer la collection des Cahiers verts et achevée d'imprimer en avril 1921, est en quelque sorte ce qu'on connaissait à ce jour de *Maria Chapdelaine*. Elle copie, sans trop d'écarts, le texte du *Temps* et retient de celui de LeFebvre les leçons de toponymie et de caractère culturel. Travail d'édition soigné qui mériterait d'être loué sans réserve si une question ne se posait: pourquoi, le texte original soumis au journal *Le Temps* ayant disparu, n'a-t-on pas eu recours au manuscrit et à la première copie qui se trouvaient alors en possession de la famille Hémon? Il y a là un mystère que soulève une lacune dans la correspondance entre Daniel Halévy et et Marie Hémon. Le 15 février 1921, Daniel Halévy rapporte un « très bête accident »: le chef de fabrication de l'éditeur Grasset a perdu dans un taxi la suite des feuilletons, découpés dans *Le Temps*, en 1914, par Madame Halévy mère et il supplie Marie Hémon de lui en envoyer au plus tôt « une copie quelconque ». Comme il n'existe pas de réponse à cette lettre, il est impossible d'affirmer si la décision de Grasset de copier l'édition du *Temps* provient d'un choix délibéré de l'éditeur ou d'un refus de Marie Hémon de communiquer le manuscrit. Plus simplement, il se peut que l'idée de recourir au manuscrit ne soit venue à personne.

Daniel Halévy avait insisté pour que le premier livre publié dans la collection des Cahiers verts qu'il dirigeait « se présente au public sans explication, de lui-même, avec tout le mystère d'un nom inconnu ». Excellente idée dont il devra cependant convaincre Marie Hémon qui aurait souhaité conserver la « préface française » rédigée par Émile Boutroux pour l'édition canadienne. Heureusement, Daniel Halévy aura là-dessus le dernier mot.

Grasset impose son modèle à toutes les éditions subséquentes qui ne recourent plus dès lors aux publications du *Temps* et de LeFebvre. D'éditions en éditions, ce modèle sera reproduit avec plus ou moins de fidélité, traduit, diffusé de par le monde.

Longtemps, sous prétexte que la copie envoyée au *Temps* avait été détruite, on a cru perdu le manuscrit de *Maria Chapdelaine*. Il existait pourtant, remarquablement conservé — original et première copie —, là où l'auteur l'avait caché avant sa mort accidentelle: dans sa famille, aux soins de sa soeur Marie qui par la suite consacrera sa vie à l'administration des papiers qu'il avait laissés. Pourquoi ces précieux documents sont-ils jusqu'à ce jour demeurés lettre morte? Tout s'est passé comme s'ils n'avaient pas existé puisque c'est exclusivement à partir du texte « corrigé » publié dans *Le Temps* que *Maria Chapdelaine* a été massivement reproduit, chaque éditeur par la suite ajoutant ses propres variantes sans que jamais ne soit soulevée la question de l'authenticité des origines. Roman contemporain qu'il eût été facile d'éditer suivant la lettre du manuscrit, le récit de Hémon a donc été transmis à la façon d'un *conte traditionnel dont les origines sont à jamais perdues*. Le voici donc enfin tel que l'auteur l'avait voulu.

**Nicole Deschamps**

I

« Ite missa est. »

La porte de l'église de Péribonka s'ouvrit et les hommes commencèrent à sortir.

Un instant plus tôt elle avait paru désolée, cette église, juchée au bord du chemin sur la berge haute au-dessus de la rivière Péribonka, dont la nappe glacée et couverte de neige était toute pareille à une plaine. La neige gisait épaisse sur le chemin aussi, et sur les champs, car le soleil d'avril n'envoyait entre les nuages gris que quelques rayons sans chaleur, et les grandes pluies de printemps n'étaient pas encore venues. Toute cette blancheur froide, la petitesse de l'église de bois, la petitesse des quelques maisons de bois espacées le long du chemin, la lisière sombre de la forêt, si proche qu'elle semblait une menace, tout parlait d'une vie dure dans un pays austère. Mais voici que les hommes et les jeunes gens franchirent la porte de l'église, s'assemblèrent en groupes sur le large perron, et les salutations joviales, les appels moqueurs lancés d'un groupe à l'autre, l'entrecroise-

ment constant des propos sérieux ou gais témoignè-
rent de suite que ces hommes appartenaient à une
race pétrie d'invincible allégresse et que rien ne peut
empêcher de rire.

Cléophas Pesant, fils de Thadée Pesant le forge-
ron, s'enorgueillissait déjà d'un habillement d'été de
couleur claire, un habillement américain aux larges
épaules matelassées; seulement il avait gardé pour ce
dimanche encore froid sa coiffure d'hiver, une casquette de drap noir aux oreillettes doublées en peau
de lièvre, au lieu du chapeau de feutre dur qu'il eût
aimé porter.

À côté de lui Égide Simard, et d'autres qui, comme
lui, étaient venus de loin en traîneau, agrafaient en
sortant de l'église leurs gros manteaux de fourrure
qu'ils serraient à la taille avec des écharpes rouges.
Des jeunes gens du village, très élégants dans leurs
pelisses à col de loutre, parlaient avec déférence au
vieux Nazaire Larouche, un grand homme gris aux
larges épaules osseuses qui n'avait rien changé pour
la messe à sa tenue de tous les jours: vêtement court
de toile brune doublé en peau de mouton, culottes
rapiécées et gros bas de laine grise dans des mocassins en peau d'orignal.

— Eh bien, monsieur Larouche, ça marche-t-il
toujours de l'autre bord de l'eau?

— Pas pire, les jeunesses. Pas pire.

Chacun tirait de sa poche sa pipe et la vessie de
porc pleine de feuilles de tabac hachées à la main et
commençait à fumer d'un air de contentement, après
une heure et demie de contrainte. Tout en aspirant
les premières bouffées, ils causaient du temps, du

printemps qui venait, de l'état de la glace sur le lac Saint-Jean et sur les rivières, de leurs affaires et des nouvelles de la paroisse, en hommes qui ne se voient guère qu'une fois la semaine, à cause des grandes distances et des mauvais chemins.

— Le lac est encore bon, dit Cléophas Pesant, mais les rivières ne sont déjà plus sûres. La glace s'est fendue cette semaine à ras le banc de sable en face de l'île, là où il y a eu des trous chauds tout l'hiver.

D'autres commençaient à parler de la récolte probable, avant même que la terre se fût montrée.

— Je vous dis que l'année sera pauvre, fit un vieux, la terre avait gelé avant les premières neiges.

Puis les conversations se ralentirent et l'on se tourna vers la première marche du perron, d'où Napoléon Laliberté se préparait à crier, comme toutes les semaines, les nouvelles de la paroisse.

Il resta immobile et muet quelques instants, attendant le silence, les mains à fond dans les poches de son grand manteau de loup-cervier, plissant le front et fermant à demi ses yeux vifs sous la toque de fourrure profondément enfoncée; et quand le silence fut venu, il se mit à crier les nouvelles de toutes ses forces, de la voix d'un charretier qui encourage ses chevaux dans une côte.

— Les travaux du quai vont recommencer... J'ai reçu de l'argent du Gouvernement, et tous ceux qui veulent se faire engager n'ont qu'à venir me trouver avant les vêpres. Si vous voulez que cet argent-là reste dans la paroisse au lieu de retourner à Québec, c'est de venir me parler pour vous faire engager vitement.

Quelques-uns allèrent vers lui; d'autres, insouciants, se contentèrent de rire. Un jaloux dit à demi-voix:

— Et qui va être foreman à trois piastres par jour? C'est le bonhomme Laliberté...

Mais il disait cela plus par moquerie que par malice, et finit par rire aussi.

Toujours les mains dans les poches de son grand manteau, se redressant et carrant les épaules sur la plus haute marche du perron, Napoléon Laliberté continuait à crier très fort.

— Un arpenteur de Roberval va venir dans la paroisse la semaine prochaine. S'il y en a qui veulent faire arpenter leurs lots avant de rebâtir les clôtures pour l'été, c'est de le dire.

La nouvelle sombra dans l'indifférence. Les cultivateurs de Péribonka ne se souciaient guère de faire rectifier les limites de leurs terres pour gagner ou perdre quelques pieds carrés, alors qu'aux plus vaillants d'entre eux restaient encore à défricher les deux tiers de leurs concessions, d'innombrables arpents de forêt ou de savane à conquérir.

Il poursuivait.

— Il y a icitte deux hommes qui ont de l'argent pour acheter les pelleteries. Si vous avez des peaux d'ours, ou de vison, ou de rat musqué, ou de renard, allez voir ces hommes-là au magasin avant mercredi ou bien adressez-vous à François Paradis, de Mistassini, qui est avec eux. Ils ont de l'argent en masse et ils payeront cash pour toutes les peaux de première classe.

Il avait fini les nouvelles et descendit les marches

du perron. Un petit homme à figure chafouine le remplaça.

— Qui veut acheter un beau jeune cochon de ma grand'race? demanda-t-il en montrant du doigt une masse informe qui s'agitait dans un sac à ses pieds.

Un grand éclat de rire lui répondit.

— On les connaît, les cochons de la grand'race à Hormidas. Gros comme des rats, et vifs comme des écureux pour sauter les clôtures.

— Vingt-cinq cents! cria un jeune homme par dérision.

— Cinquante cents!

— Une piastre!

— Ne fais pas le fou, Jean. Ta femme ne te laissera pas payer une piastre pour ce cochon-là.

Jean s'obstina.

— Une piastre. Je ne m'en dédis pas.

Hormidas Bérubé fit une grimace de mépris et attendit d'autres enchères; mais il ne vint que des quolibets et des rires.

Pendant ce temps les femmes avaient commencé à sortir de l'église à leur tour. Jeunes ou vieilles, jolies ou laides, elles étaient presque toutes bien vêtues, en des pelisses de fourrure ou des manteaux de drap épais; car pour cette fête unique de leur vie qu'était la messe du dimanche elles avaient abandonné leurs blouses de grosse toile et les jupons en laine du pays, et un étranger se fût étonné de les trouver presque élégantes au coeur de ce pays sauvage, si typiquement françaises parmi les grands bois désolés et la neige, et aussi bien mises à coup sûr, ces paysannes, que la plupart des jeunes bourgeoises des provinces de France.

Cléophas Pesant attendit Louise Tremblay, qui était seule, et ils s'en allèrent ensemble vers les maisons, le long du trottoir de planches. D'autres se contentèrent d'échanger avec les jeunes filles, au passage, des propos plaisants, les tutoyant du tutoiement facile du pays de Québec, et aussi parce qu'ils avaient presque tous grandi ensemble.

Pite Gaudreau, les yeux tournés vers la porte de l'église, annonça:

— Maria Chapdelaine est revenue de sa promenade à Saint-Prime, et voilà le père Chapdelaine qui est venu la chercher.

Ils étaient plusieurs au village pour qui ces Chapdelaine étaient presque des étrangers.

— Samuel Chapdelaine, qui a une terre de l'autre bord de la rivière, au-dessus de Honfleur, dans le bois?

— C'est ça.

— Et la créature qui est avec lui, c'est sa fille, eh? Maria...

— Ouais. Elle était en promenade depuis un mois à Saint-Prime, dans la famille de sa mère. Des Bouchard, parents de Wilfrid Bouchard, de Saint-Gédéon...

Les regards curieux s'étaient tournés vers le haut du perron. L'un des jeunes gens fit à Maria Chapdelaine l'hommage de son admiration paysanne.

— Une belle grosse fille! dit-il.

— Certain! Une belle grosse fille, et vaillante avec ça. C'est de valeur qu'elle reste si loin d'ici, dans le bois. Mais comment est-ce que les jeunesses du village pourraient aller veiller chez eux, de l'autre bord de la rivière, en haut des chutes, à plus de douze milles de distance, et les derniers milles quasiment sans chemin?

Ils la regardaient avec des sourires farauds, tout en parlant d'elle, cette belle fille presque inaccessible; mais quand elle descendit les marches du perron de bois avec son père et passa près d'eux, une gêne les prit; ils se reculèrent gauchement, comme s'il y avait eu entre elle et eux quelque chose de plus que la rivière à traverser et douze milles de mauvais chemins dans les bois.

Les groupes formés devant l'église se dispersaient peu à peu. Certains regagnaient leurs maisons, ayant appris toutes les nouvelles; d'autres, avant de partir, allaient passer une heure dans un des deux lieux de réunion du village: le presbytère ou le magasin. Ceux qui venaient des rangs, ces longs alignements de concessions à la lisière de la forêt, détachaient l'un après l'autre les chevaux rangés et amenaient leurs traîneaux au bas des marches de l'église pour y faire monter femmes et enfants.

Samuel Chapdelaine et Maria n'avaient fait que quelques pas dans le chemin lorsqu'un jeune homme les aborda.

— Bonjour, monsieur Chapdelaine. Bonjour, mademoiselle Maria. C'est un adon que je vous rencontre, puisque votre terre est plus haut le long de la rivière et que moi-même je ne viens pas souvent par icitte.

Ses yeux hardis allaient de l'un à l'autre. Quand il les détournait, il semblait que ce fût seulement à la réflexion et par politesse, et bientôt ils revenaient, et leur regard dévisageait, interrogeait de nouveau, clair, perçant, chargé d'avidité ingénue.

— François Paradis! s'exclama le père Chapdelaine. C'est un adon de fait, car voilà longtemps que je ne t'avais vu, François. Et voilà ton père mort, de même. As-tu gardé la terre?

Le jeune homme ne répondit pas; il regardait Maria curieusement, et avec un sourire simple, comme s'il attendait qu'elle parlât à son tour.

— Tu te rappelles bien François Paradis, de Mistassini, Maria? Il n'a pas changé guère.

— Vous non plus, monsieur Chapdelaine. Votre fille, c'est différent; elle a changé; mais je l'aurais bien reconnue tout de même.

Ils avaient passé la veille à Saint-Michel-de-Mistassini, au grand jour de l'après-midi; mais de revoir ce jeune homme, après sept ans, et d'entendre prononcer son nom, évoqua en Maria un souvenir plus précis et plus vif en vérité que sa vision d'hier: le grand pont de bois, couvert, peint en rouge, et un peu pareil à une arche de Noé d'une étonnante longueur; les deux berges qui s'élevaient presque de suite en hautes collines, le vieux monastère blotti entre la rivière et le commencement de la pente, l'eau qui blanchissait, bouillonnait et se précipitait du haut en bas du grand rapide comme dans un escalier géant.

— François Paradis... Bien sûr, son père, que je me rappelle François Paradis.

Satisfait, celui-ci répondait aux questions de tout à l'heure.

— Non, monsieur Chapdelaine, je n'ai pas gardé la terre. Quand le bonhomme est mort j'ai tout vendu, et depuis j'ai presque toujours travaillé dans le bois, fait la chasse ou bien commercé avec les sauvages du grand lac Mistassini ou de la Rivière-aux-Foins. J'ai aussi passé deux ans au Labrador.

Son regard voyagea une fois de plus de Samuel Chapdelaine à Maria, qui détourna modestement les yeux.

— Remontez-vous aujourd'hui? interrogea-t-il.

— Oui; de suite après dîner.

— Je suis content de vous avoir vu, parce que je vais passer près de chez vous, en haut de la rivière, dans deux ou trois semaines, dès que la glace sera descendue. Je suis icitte avec des Belges qui vont acheter des pelleteries aux sauvages; nous commencerons à remonter à la première eau claire, et si nous nous tentons près de votre terre, au-dessus des chutes, j'irai veiller un soir.

— C'est correct, François; on t'attendra.

Les aulnes formaient un long buisson épais le long de la rivière Péribonka; mais leurs branches dénudées ne cachaient pas la chute abrupte de la berge, ni la vaste plaine d'eau glacée, ni la lisière sombre du bois qui serrait de près l'autre rive, ne laissant entre la désolation touffue des grands arbres droits et la désolation nue de l'eau figée que quelques champs étroits, souvent encore semés de souches, si étroits en vérité qu'ils semblaient étrangler sous la poigne du pays sauvage.

Pour Maria Chapdelaine, qui regardait toutes ces choses distraitement, il n'y avait rien là de désolant ni de redoutable. Elle n'avait jamais connu que des aspects comme ceux-là d'octobre à mai, ou bien d'autres plus frustes encore et plus tristes, plus éloignés des maisons et des cultures; et même tout ce qui l'entourait ce matin-là lui parut soudain adouci, illuminé par un réconfort, par quelque chose de précieux et de bon qu'elle pouvait maintenant attendre. Le printemps qui arrivait, peut-être... ou bien encore l'approche d'une autre raison de joie qui venait vers elle sans laisser deviner son nom.

Samuel Chapdelaine et Maria allèrent dîner avec leur parente Azalma Larouche, chez qui ils avaient passé la nuit. Il n'y avait là avec eux que leur hôtesse, veuve depuis plusieurs années, et le vieux Nazaire Larouche, son beau-frère. Azalma était une grande femme plate, au profil indécis d'enfant, qui parlait très vite et presque sans cesse tout en préparant le repas dans la cuisine. De temps à autre, elle s'arrêtait et s'asseyait en face de ses visiteurs, moins pour se reposer que pour donner à ce qu'elle allait dire une importance spéciale; mais presque aussitôt l'assaisonnement d'un plat ou la disposition des assiettes sur la table réclamaient son attention, et son monologue se poursuivait au milieu des bruits de vaisselle et de poêlons secoués.

La soupe aux pois fut bientôt prête et servie. Tout en mangeant, les deux hommes parlèrent de l'avancement de leurs terres et de l'état de la glace de printemps.

— Vous devez être bons pour traverser à soir, dit Nazaire Larouche, mais ce sera juste et je calcule que vous serez à peu près les derniers. Le courant est fort au-dessous de la chute, et il a déjà plu trois jours.

— Tout le monde dit que la glace durera encore longtemps, répliqua sa belle-soeur. Vous avez beau coucher encore icitte à soir tous les deux, et après souper les jeunes gens du village viendront veiller. C'est bien juste que Maria ait encore un peu de plaisir avant que vous ne l'emmeniez là-haut dans le bois.

— Elle a eu suffisamment de plaisir à Saint-Prime, avec des veillées de chant et de jeux presque tous les soirs. Nous vous remercions; mais je vais atteler de suite après le dîner, pour arriver là-bas à bonne heure.

Le vieux Nazaire Larouche parla du sermon du matin, qu'il avait trouvé convaincant et beau; puis, après un intervalle de silence, il demanda brusquement:

— Avez-vous cuit?

Sa belle-soeur, étonnée, le regarda quelques instants et finit par comprendre qu'il demandait ainsi du pain. Quelques instants plus tard, il interrogea de nouveau.

— Votre pompe... Elle marche-t-y bien?

Cela voulait dire qu'il n'y avait pas d'eau sur la table. Azalma se leva pour aller en chercher, et derrière son dos le vieux adressa à Maria Chapdelaine un clin d'oeil facétieux.

— Je lui conte ça par paraboles, chuchota-t-il. C'est plus poli.

Les murs de planches de la maison étaient tapissés avec de vieux journaux, ornés de calendriers distribués par les fabricants de machines agricoles ou les marchands de grain, et aussi de gravures pieuses: une reproduction presque sans perspective, en couleurs crues, de la basilique de Sainte-Anne-de-Beaupré, le portrait du pape Pie X, un chromo où la Vierge Marie offrait aux regards avec un sourire pâle son coeur à la fois sanglant et nimbé d'or.

— C'est plus beau que chez nous, songea Maria.

Nazaire Larouche continuait à se faire servir par paraboles.

— Votre cochon était-il ben maigre? demandait-il; ou bien: — Vous aimez ça, vous, le sucre du pays? Moi, j'aime ça sans raison...

Azalma lui servait une autre tranche de lard ou tirait de l'armoire le pain de sucre d'érable. Quand elle se fâcha de ces manières inusitées et le somma de se servir lui-même comme d'habitude, il l'apaisa avec des excuses pleines de bonne humeur.

— C'est correct. C'est correct. Je ne le ferai plus; mais vous aviez coutume d'entendre la risée, Azalma. Il faut entendre la risée quand on reçoit à sa table des jeunesses comme moi.

Maria sourit et songea que son père et lui se ressemblaient un peu; tous deux hauts et larges, gris de cheveux, des visages couleur de cuir, et dans leurs yeux vifs la même éternelle jeunesse que donne souvent aux hommes du pays de Québec leur éternelle simplicité.

Ils partirent presque de suite après la fin du repas. La neige fondue à la surface par les premières pluies et gelant de nouveau sous le froid des nuits était merveilleusement glissante et fuyait sous les patins du traîneau. Derrière eux, les hautes collines bleues qui bornaient l'horizon de l'autre côté du lac Saint-Jean disparurent peu à peu à mesure qu'ils remontaient la longue courbe de la rivière.

En passant devant l'église, Samuel Chapdelaine dit pensivement:

— C'est beau, la messe. J'ai souvent bien du regret que nous soyons si loin des églises. Peut-être que de ne pas pouvoir faire notre religion tous les dimanches, ça nous empêche d'être aussi chanceux que les autres.

— Ce n'est pas notre faute, soupira Maria, nous sommes trop loin!

Son père secoua encore la tête d'un air de regret. Le spectacle magnifique du culte, les chants latins, les cierges allumés, la solennité de la messe du dimanche le remplissaient chaque fois d'une grande ferveur. Un peu plus loin, il commença à chanter:

> J'irai la voir un jour,
> M'asseoir près de son trône,
> Recevoir ma couronne,
> Et régner à mon tour...

Il avait la voix forte et juste et chantait à pleine gorge d'un air d'extase; mais bientôt ses yeux se fermèrent et son menton retomba sur sa poitrine peu à peu. La voiture ne manquait jamais de l'endormir, et son cheval, devinant l'assoupissement habituel du maître, ralentit et finit par prendre le pas.

— Marche donc, Charles-Eugène!

Il s'était réveillé brusquement et étendait la main vers le fouet. Charles-Eugène reprit le trot, résigné. Plusieurs générations auparavant, un Chapdelaine avait nourri une longue querelle avec un voisin qui portait ces noms, et il les avait promptement donnés à un vieux cheval découragé et un peu boiteux qu'il avait, pour s'accorder la satisfaction de crier tous les jours, très fort, en passant devant la maison de son ennemi:

— Charles-Eugène, grand malavenant! Vilaine bête mal domptée! Marche donc, Charles-Eugène!

Depuis un siècle la querelle était finie et oubliée; mais les Chapdelaine avaient toujours continué depuis à appeler leur cheval Charles-Eugène.

De nouveau le cantique s'éleva, sonore, plein de ferveur mystique.

> Au ciel, au ciel, au ciel
> J'irai la voir un jour...

Puis, une fois de plus, le sommeil fut le plus fort, la voix retomba, et Maria ramassa les guides que la main de son père avait laissées échapper.

Le chemin glacé longeait la rivière glacée. Sur l'autre rive les maisons s'espaçaient, pathétiquement éloignées les unes des autres, chacune entourée d'une étendue de terrain défriché. Derrière ce terrain, et des deux côtés, c'était le bois qui venait jusqu'à la berge: fond vert sombre de sapins et de cyprès sur lequel quelques troncs de bouleaux se détachaient çà et là, blancs et nus comme les colonnes d'un temple en ruines.

De l'autre côté du chemin la bande de terre défrichée était plus large et continue; les maisons plus rapprochées semblaient prolonger le village en avant-garde; mais toujours derrière les champs nus la lisière des bois apparaissait et suivait comme une ombre, interminable bande sombre entre la blancheur froide du sol et le ciel gris.

— Charles-Eugène, marche un peu!

Le père Chapdelaine s'était réveillé et étendait la main vers le fouet dans son geste habituel de menace débonnaire; mais quand le cheval ralentit de nouveau après quelques foulées plus vives, il s'était déjà rendormi, les mains ouvertes sur ses genoux et montrant les paumes luisantes de ses mitaines en cuir de cheval, le menton appuyé sur le poil épais de son manteau.

Au bout de deux milles, le chemin escalada une côte abrupte et entra en plein bois. Les maisons qui depuis le village s'espaçaient dans la plaine s'évanouirent d'un seul coup, et la perspective ne fut plus qu'une cité de troncs nus sortant du sol blanc. Même l'éternel vert foncé des sapins, des épinettes et des cyprès se faisait rare; les quelques jeunes arbres vivants se perdaient parmi les innombrables squelettes couchés à terre et recouverts de neige, ou ces autres squelettes encore debout, décharnés et noircis. Vingt ans plus tôt les grands incendies avaient passé par là, et la végétation nouvelle ne faisait que poindre entre les troncs morts et les souches calcinées. Les buttes se succédaient, et le chemin courait de l'une à l'autre en une succession de descentes et de montées guère plus profondes que le profil d'une houle de haute mer.

Maria Chapdelaine ajusta sa pelisse autour d'elle, cacha ses mains sous la grande robe de carriole en chèvre grise, et ferma à demi les yeux. Il n'y avait rien à voir ici; dans les villages, les maisons et les granges neuves pouvaient s'élever d'une saison à l'autre, ou bien se vider et tomber en ruines; mais la vie du bois était quelque chose de si lent qu'il eût fallu plus qu'une patience humaine pour attendre et noter un changement.

Le cheval resta le seul être pleinement conscient sur le chemin. Le traîneau glissait facilement sur la neige dure, frôlant les souches qui se dressaient des deux côtés au ras des ornières; Charles-Eugène suivait exactement tous les détours, descendait au grand trot les courtes côtes et remontait la pente opposée d'un pas lent, en bête d'expérience tout à fait capable de mener ses maîtres au perron de leur maison sans être importunée de commandement ni de pesées des guides.

Quelques milles encore, et le bois s'ouvrit de nouveau pour laisser reparaître la rivière. Le chemin dévala la dernière butte du plateau pour descendre presque au niveau de la glace. Sur un mille de berge montante trois maisons s'espaçaient; mais celles-là étaient bien plus primitives encore que les maisons du village, et derrière elles on ne voyait presque aucun champ défriché, presque aucune trace des cultures de l'été, comme si elles n'avaient été bâties là qu'en témoignage de la présence des hommes.

Charles-Eugène tourna brusquement sur la droite, raidit ses jambes de devant pour ralentir dans la pente et s'arrêta net au bord de la glace. Le père Chapdelaine ouvrit les yeux.

— Tenez, son père, fit Maria, voilà les cordeaux.

Il prit les guides, mais, avant de faire repartir son cheval, resta immobile quelques secondes, surveillant la surface de la rivière gelée.

— Il est venu un peu d'eau sur la glace, dit-il, et la neige a fondu; mais nous devons être bons pour traverser pareil. Marche, Charles-Eugène.

Le cheval flaira la nappe blanche avant de s'y aventurer, puis s'en alla tout droit. Les ornières permanentes de l'hiver avaient disparu; les jeunes sapins plantés de distance en distance qui avaient marqué le chemin étaient presque tous tombés et gisaient dans la neige mi-fondue; en passant près de l'île, la glace craqua deux fois, mais sans fléchir. Charles-Eugène trottait allégrement vers la maison de Charles Lindsay, visible sur l'autre bord. Pourtant lorsque le traîneau arriva au milieu du courant, au-dessous de la grande chute, il dut ralentir à cause de la mince couche d'eau qui s'étendait là et détrempait la neige. Lentement ils approchèrent de la rive; il ne restait plus que trente pieds à franchir quand la glace commença à craquer de nouveau et ondula sous les pieds du cheval.

Le père Chapdelaine s'était mis debout, bien réveillé cette fois, les yeux vifs et résolus sous son casque de fourrure.

— Charles-Eugène, marche! Marche donc! cria-t-il de sa grande voix rude.

Le vieux cheval planta dans la neige semi-liquide les crampons de ses sabots et s'en alla vers la rive par bonds, avec de grands coups de collier. Au moment où ils atterrissaient, une plaque de glace vira un peu sous les patins du traîneau et s'enfonça, laissant à sa place un trou d'eau claire.

Samuel Chapdelaine se retourna.

— Nous serons les derniers à traverser, cette saison, dit-il.

Et il laissa son cheval souffler un peu avant de monter la côte.

Bientôt après ils quittèrent le grand chemin pour

un autre chemin qui s'enfonçait dans les bois. Celui-là n'était guère plus qu'une piste rudimentaire encore encombrée de racines, et qui décrivait de petites courbes opportunistes pour éviter les rochers ou les souches. Il grimpa une longue montée, serpenta sur un plateau au milieu du bois brûlé, laissant parfois un aperçu sur la descente du flanc abrupt, les masses de pierre du rapide, le versant opposé qui devenait plus haut et plus escarpé au-dessus de la chute, puis rentrant dans la désolation des arbres couchés à terre et des chicots noircis.

Des coteaux de pierre, une fois contournés, semblèrent se refermer derrière eux; les brûlés firent place à la foule sombre des épinettes et des sapins; les montagnes de la rivière Alec se montrèrent deux ou trois fois dans le lointain; et bientôt les voyageurs perçurent à la fois un espace de terre défriché, une fumée qui montait, les jappements d'un chien.

— Ils vont être contents de te revoir, Maria, dit le père Chapdelaine. Tout le monde s'est ennuyé de toi.

## II

L'heure du souper était venue que Maria n'avait pas encore fini de répondre aux questions, de raconter, sans en omettre aucun, les incidents de son voyage, de donner les nouvelles de Saint-Prime et de Péribonka, et toutes ces autres nouvelles qu'elle avait pu recueillir au cours du chemin.

Tit'Bé, assis sur une chaise, en face de sa soeur, fumait pipe sur pipe sans détourner les yeux d'elle une seconde, craignant de laisser échapper quelque révélation importante qu'elle aurait tue jusque là. La petite Alma-Rose, debout près d'elle, la tenait par le cou; Télesphore écoutait aussi, tout en réparant avec des ficelles l'attelage de son chien. La mère Chapdelaine attisait le feu dans le grand poêle de fonte, allait, venait, tirait de l'armoire les assiettes et les couverts, le pain, le pichet de lait, penchait au-dessus d'un pot de verre la grande jarre de sirop de sucre. Fréquemment elle s'interrompait pour interroger

Maria ou l'écouter et restait songeuse quelques instants, les poings sur les hanches, revoyant par la pensée les villages dont elle entendait parler.

— ...Alors l'église est finie: une belle église en
pierre, avec des peintures en dedans et des châssis de
couleur... Que ça doit donc être beau! Johnny Bouchard a bâti une grange neuve l'été dernier, et c'est
une petite Perron, une fille d'Adélard Perron, de
Saint-Jérôme, qui fait la classe... Huit ans que je n'ai
pas été à Saint-Prime, quand on pense! C'est une
belle paroisse, et qui m'aurait bien adonné; du beau
terrain planche aussi loin qu'on peut voir, pas de
crans ni de bois, rien que des champs carrés avec de
bonnes clôtures droites, de la terre forte, et les chars
à moins de deux heures de voiture... C'est peut-être
péché de le dire; mais tout mon règne, j'aurai du
regret que ton père ait eu le goût de mouver si souvent et de pousser plus loin et toujours plus loin dans
le bois, au lieu de prendre une terre dans une des
vieilles paroisses.

Par la petite fenêtre carrée elle contemplait avec
mélancolie les quelques champs nus qui s'étendaient
derrière la maison, la grange de bois brut aux
planches mal jointes, et plus loin l'étendue de terre
encore semée de souches, en lisière de la forêt, qui ne
faisait que laisser espérer une récompense de foin ou
de grain aux longues patiences.

— Tiens, fit Alma-Rose, voilà Chien qui vient se
faire flatter aussi.

Maria baissa les yeux vers le chien qui venait lui
mettre sur les genoux sa tête longue aux yeux tristes,
et elle le caressa avec des mots d'amitié.

— Il s'est ennuyé de toi tout comme nous, dit encore Alma-Rose. Tous les matins il allait regarder dans ton lit pour voir si tu n'étais pas revenue.

Elle l'appela à son tour.

— Viens, Chien; viens que je te flatte aussi.

Chien allait de l'une à l'autre, docile, fermant à moitié les yeux à chaque caresse. Maria regarda autour d'elle, cherchant quelque changement à vrai dire improbable qui se fût fait pendant son absence.

Le grand poêle à trois ponts occupait le milieu de la maison; un tuyau de tôle en sortait, qui après une montée verticale de quelques pieds décrivait un angle droit et se prolongeait horizontalement jusqu'à l'extérieur, afin que rien de la précieuse chaleur ne se perdît. Dans un coin la grande armoire de bois; tout près, la table, le banc contre le mur, et de l'autre côté de la porte l'évier et la pompe. Une cloison partant du mur opposé semblait vouloir séparer cette partie de la maison en deux pièces; seulement elle s'arrêtait avant d'arriver au poêle et aucune autre cloison ne la rejoignait, de sorte que ces deux compartiments de la salle unique, chacun enclos de trois côtés, ressemblaient à un décor de théâtre — un de ces décors conventionnels dont on veut bien croire qu'ils représentent deux appartements distincts, encore que les regards des spectateurs les pénètrent tous les deux à la fois.

Le père et la mère Chapdelaine avaient leur lit dans un de ces compartiments; Maria et Alma-Rose dans l'autre. Dans un coin, un escalier droit menait par une trappe au grenier, où les garçons couchaient pendant l'été; l'hiver venu, ils descendaient leur lit en bas et dormaient à la chaleur du poêle avec les autres.

Accrochés aux murs, des calendriers illustrés des marchands de Roberval ou de Chicoutimi; une image de Jésus enfant dans les bras de sa mère: un Jésus aux immenses yeux bleus dans une figure rose, étendant des mains potelées; une autre image représentant quelque sainte femme inconnue regardant le ciel d'un air d'extase; la première page d'un numéro de Noël d'un journal de Québec, pleine d'étoiles grosses comme des lunes et d'anges qui volaient les ailes repliées.

— As-tu été sage pendant que je n'étais pas là, Alma-Rose?

Ce fut la mère Chapdelaine qui répondit.

— Alma-Rose n'a pas été trop haïssable; mais Télesphore m'a donné du tourment. Ce n'est pas qu'il fasse bien du mal; mais les choses qu'il dit! On dirait que cet enfant-là n'a pas tout son génie.

Télesphore s'affairait avec l'attelage du chien et prétendait ne pas entendre.

Les errements du jeune Télesphore constituaient le seul drame domestique que connût la maison. Pour s'expliquer à elle-même et pour lui faire comprendre à lui ses péchés perpétuels, la mère Chapdelaine s'était façonné une sorte de polythéisme compliqué, tout un monde surnaturel où des génies néfastes ou bienfaisants le poussaient tour à tour à la faute et au repentir. L'enfant avait fini par ne se considérer lui-même que comme un simple champ-clos, où des démons assurément malins et des anges bons mais un peu simples se livraient sans fin un combat inégal.

Devant le pot de confiture vide il murmurait d'un air sombre:

— C'est le démon de la gourmandise qui m'a tenté.

Rentrant d'une escapade avec des vêtements déchirés et salis, il expliquait sans attendre des reproches:

— Le démon de la désobéissance m'a fait faire ça. C'est lui, certain!

Et presque aussitôt il affirmait son indignation et ses bonnes intentions.

— Mais il ne faut pas qu'il y revienne, eh! sa mère? Il ne faut pas qu'il y revienne, ce méchant démon. Je prendrai le fusil à son père et je le tuerai...

— On ne tue pas les démons avec un fusil, prononçait la mère Chapdelaine. Quand tu sens la tentation qui vient, prends ton chapelet et dis des prières.

Télesphore n'osait répondre; mais il secouait la tête d'un air de doute. Le fusil lui paraissait à la fois plus plaisant et plus sûr; et il rêvait d'un combat héroïque, d'une longue tuerie dont il sortirait parfait et pur, délivré à jamais des embûches du Malin.


Samuel Chapdelaine rentra dans la maison et le souper fut servi. Les signes de croix autour de la table; les lèvres remuant en des Benedicite muets, Télesphore et Alma-Rose récitant les leurs à haute voix; puis d'autres signes de croix; le bruit des chaises et du banc approchés, les cuillers heurtant les assiettes — il sembla à Maria qu'elle remarquait ces gestes et ces sons pour la première fois de sa vie, après son absence; qu'ils étaient différents des sons et des gestes d'ailleurs et revêtaient une douceur et une solennité particulières d'être accomplis en cette maison isolée dans les bois.

Ils achevaient de souper lorsqu'un bruit de pas se fit entendre au dehors; Chien dressa les oreilles, mais sans grogner.

— Un veilleux! dit la mère Chapdelaine. C'est Eutrope Gagnon qui vient nous voir.

La prophétie était facile puisque Eutrope Gagnon était leur unique voisin. L'année précédente, il avait pris une concession à deux milles de là avec son frère; ce dernier était monté aux chantiers pour l'hiver, le laissant seul dans la hutte de troncs bruts qu'ils avaient élevée. Il apparut sur le seuil, son fanal à la main.

— Salut un chacun, fit-il en ôtant son casque de laine. La nuit était claire et il y a encore une croûte sur la neige; alors puisque ça marchait bien, j'ai pensé que je viendrais veiller et voir si vous étiez revenu.

Malgré qu'il vînt pour Maria, comme chacun savait, c'était au père Chapdelaine seulement qu'il s'adressait, un peu par timidité et un peu par respect de l'étiquette paysanne. Il prit la chaise qu'on lui avançait.

— Le temps est doux; c'est tout juste s'il ne mouille pas. On voit que les pluies de printemps arrivent...

C'était commencer ainsi une de ces conversations de paysans qui sont comme une interminable mélopée, simple, pleine de redites, chacun approuvant les paroles qui viennent d'être prononcées et y ajoutant d'autres paroles qui les répètent. Et le sujet en fut

tout naturellement l'éternelle lamentation canadienne: la plainte sans révolte contre le fardeau écra-
sant du long hiver.

— Les animaux sont dans l'étable depuis la fin de
septembre, et il ne reste quasiment plus rien dans la
grange, dit la mère Chapdelaine. Hormis que le printemps n'arrive bientôt, je ne sais pas ce que nous
allons faire.

— Encore trois semaines avant qu'on ne puisse
les mettre dehors, pour le moins!

— Un cheval, trois vaches, un cochon et des moutons, sans compter les poules, c'est que ça mange... fit
Tit'Bé d'un air de grande sagesse.

Il fumait et causait avec les hommes maintenant,
de par ses quatorze ans, ses larges épaules et sa
connaissance des choses de la terre. Huit ans plus tôt
il avait commencé à soigner les animaux et à rentrer
chaque jour dans la maison sur son petit traîneau la
provision de bois nécessaire. Un peu plus tard il avait
appris à crier très fort: « Heulle! Heulle! » derrière
les vaches aux croupes maigres, et « Hue! Dia! » et
« Harrié! » derrière les chevaux au labour, à tenir la
fourche à foin et à bâtir les clôtures de pieux. Depuis
deux ans déjà il maniait tour à tour la hache et la faux
à côté de son père, conduisait le grand traîneau à bois
sur la neige dure, semait et moissonnait sans conseil;
de sorte que personne ne lui contestait plus le droit
d'exprimer librement son avis et de fumer incessam-
ment le fort tabac en feuilles. Il avait encore sa figure
imberbe d'enfant, aux traits indécis, des yeux can-
dides, et un étranger se fût probablement étonné de
l'entendre parler avec une lenteur mesurée de vieil

homme plein d'expérience et de le voir bourrer éternellement sa pipe de bois; mais au pays de Québec les
garçons sont traités en hommes dès qu'ils prennent
part au travail des hommes, et de leur usage précoce
du tabac ils peuvent toujours donner comme raison
que c'est une défense contre les terribles mouches
harcelantes de l'été: moustiques, maringouins et
mouches noires.

— Que ce doit donc être plaisant de vivre dans un
pays où il n'y a presque pas d'hiver, et où la terre
nourrit les hommes et les animaux. Ici c'est l'homme
qui nourrit les animaux et la terre, à force de travail.
Si nous n'avions pas Esdras et Da'Bé dans le bois, qui
gagnent de bonnes gages, comment ferions-nous?

— Pourtant la terre est bonne par icitte, fit
Eutrope Gagnon.

— La terre est bonne; mais il faut se battre avec le
bois pour l'avoir; et pour vivre il faut économiser sur
tout et besogner du matin au soir, et tout faire soi-
même, parce que les autres maisons sont si loin.

La mère Chapdelaine se tut et soupira. Elle pensait
toujours avec regret aux vieilles paroisses où la terre
est défrichée et cultivée depuis longtemps, et où les
maisons sont proches les unes des autres, comme à
une sorte de paradis perdu.

Son mari serra les poings et hocha la tête d'un air
obstiné.

— Attends quelques mois seulement... Quand les
garçons seront revenus du bois, nous allons nous
mettre au travail, eux deux, Tit-Bé et moi, et nous
allons faire de la terre. À quatre hommes bons sur la
hache et qui n'ont pas peur de l'ouvrage, ça marche

vite, même dans le bois dur. Dans deux ans d'ici nous aurons du grain et du pacage de quoi nourrir bien des animaux. Je te dis que nous allons faire de la terre...

Faire de la terre — c'est la forte expression du pays, qui exprime tout ce qui gît de travail terrible entre la pauvreté du bois sauvage et la fertilité finale des champs labourés et semés. Samuel Chapdelaine en parlait avec une flamme d'enthousiasme et d'entêtement dans les yeux.

C'était sa passion à lui: une passion d'homme fait pour le défrichement plutôt que pour la culture. Cinq fois déjà depuis sa jeunesse il avait pris une concession, bâti une maison, une étable et une grange, taillé en plein bois un bien prospère; et cinq fois il avait vendu ce bien pour s'en aller recommencer plus loin vers le nord, découragé tout à coup, perdant tout intérêt et toute ardeur une fois le premier labeur rude fini, dès que les voisins arrivaient nombreux et que le pays commençait à se peupler et à s'ouvrir. Quelques hommes le comprenaient; les autres le trouvaient courageux, mais peu sage, et répétaient que s'il avait su se fixer quelque part, lui et les siens seraient maintenant à leur aise.

À leur aise... Ô Dieu redoutable des Écritures, que tous ceux du pays de Québec adorent sans subtilité ni doute, toi qui condamnas tes créatures à gagner leur pain à la sueur de leur front, laisses-tu s'effacer une seconde le pli sévère de tes sourcils lorsque tu entends dire que quelques-unes de ces créatures se sont affranchies et qu'elles sont, enfin, à leur aise?

À leur aise... Il faut avoir besogné durement de l'aube à la nuit avec son dos et ses membres pour

comprendre ce que cela veut dire, et les gens de la
terre sont ceux qui le comprennent le mieux. Cela
veut dire le fardeau retiré: le pesant fardeau de travail et de crainte. Cela veut dire une permission de
repos qui, même lorsqu'on n'en use pas, est comme
une grâce de tous les instants. Pour les vieilles gens
cela veut dire un peu d'orgueil approuvé de tous, la
révélation tardive de douceurs inconnues — une
heure de paresse, une promenade au loin, une gourmandise ou un achat sans calcul inquiet — les cent
complaisances d'une vie facile.

Le coeur humain est ainsi fait que la plupart de
ceux qui ont payé la rançon et ainsi conquis la liberté
— l'aise — se sont, en la conquérant, façonné une
nature incapable d'en jouir, et continuent leur dure
vie jusqu'à la mort; et c'est à ces autres, mal doués ou
malchanceux, qui n'ont pu se racheter, eux, et restent
esclaves, que l'aise apparaît avec toutes ses grâces
d'étape inaccessible.

Peut-être les Chapdelaine pensaient-ils à cela, et
chacun à sa manière; le père avec l'optimisme invincible d'un homme qui se sait fort et se croit sage; la
mère avec un regret résigné; et les autres, les jeunes,
d'une façon plus vague et sans amertume, à cause de
la longue vie assurément heureuse qu'ils voyaient
devant eux.

Maria regardait parfois à la dérobée Eutrope
Gagnon, et puis détournait aussitôt les yeux très vite,
parce que chaque fois elle surprenait ses yeux à lui
fixés sur elle, pleins d'une adoration humble. Depuis
un an elle s'était habituée sans déplaisir à ses fréquentes visites et à revoir, chaque dimanche soir

dans le cercle des figures de la famille, sa figure brune qui respirait la bonne humeur et la patience; mais cette courte absence d'un mois semblait avoir tout changé, et en revenant au foyer elle y rapportait une impression confuse que commençait une étape de sa vie à elle où il n'aurait point de part.

Quand les sujets ordinaires de conversation furent épuisés, l'on joua aux cartes: au « quatre-sept » et au « boeuf »; puis Eutrope regarda sa grosse montre d'argent et vit qu'il était temps de partir. Le fanal allumé, les adieux faits, il s'arrêta un instant sur le seuil pour sonder la nuit du regard.

— Il mouille! fit-il.

Ses hôtes vinrent jusqu'à la porte et regardèrent à leur tour; la pluie commençait, une pluie de printemps aux larges gouttes pesantes, sous laquelle la neige commençait à s'ameublir et à fondre.

— Le sudet a pris, prononça le père Chapdelaine. On peut dire que l'hiver est quasiment fini.

Chacun exprima à sa manière son soulagement et son plaisir; mais ce fut Maria qui resta le plus longtemps sur le seuil, écoutant le crépitement doux de la pluie, guettant la glissade indistincte du ciel sombre au-dessus de la masse plus sombre des bois, aspirant le vent tiède qui venait du sud.

— Le printemps n'est pas loin... Le printemps n'est pas loin...

Elle sentait que depuis le commencement du monde il n'y avait jamais eu de printemps comme ce printemps-là.

# III

Trois jours plus tard Maria entendit en ouvrant la porte au matin un son qui la figea quelques instants sur place, immobile, prêtant l'oreille. C'était un mugissement lointain et continu, le tonnerre des grandes chutes qui étaient restées glacées et muettes tout l'hiver.

— La glace descend, dit-elle en rentrant. On entend les chutes.

Alors ils se mirent tous à parler une fois de plus de la saison qui s'ouvrait et des travaux qui allaient devenir possibles. Mai amenait une alternance de pluies chaudes et de beaux jours ensoleillés qui triomphait peu à peu du gel accumulé du long hiver. Les souches basses et les racines émergeaient, bien que l'ombre des sapins et des cyprès serrés protégeât la longue agonie des plaques de neige; les chemins se transformaient en fondrières; là où la mousse brune se montrait déjà, elle était toute gonflée d'eau et pareille à une éponge. En d'autres pays c'était déjà le renouveau, le travail ardent de la sève, la poussée des bourgeons et bientôt des feuilles; mais le sol canadien, si loin vers le nord, ne faisait que se débarrasser avec effort de son lourd manteau froid avant de songer à revivre.

Dix fois, au cours de la journée, la mère Chapdelaine ou Maria ouvrirent la fenêtre pour goûter la tiédeur de l'air, pour écouter le chuchotement de l'eau courante en quoi s'évanouissait la dernière neige sur les pentes, et cette autre grande voix qui annonçait que la rivière Péribonka s'était libérée et charriait joyeusement vers le grand lac les bancs de glace venus du Nord.

Au soir, le père Chapdelaine s'assit sur le seuil pour fumer, et dit pensivement:

— François Paradis va passer bientôt. Il a dit qu'il viendrait peut-être nous voir.

Maria répondit: « Oui » très doucement, et bénit l'ombre qui cachait son visage.

Il vint dix jours plus tard, longtemps après la nuit tombée. Les femmes restaient seules à la maison avec Tit'Bé et les enfants, le père étant allé chercher de la graine de semence à Honfleur, d'où il ne reviendrait que le lendemain. Télesphore et Alma-Rose étaient couchés, Tit'Bé fumait une dernière pipe avant la prière en commun, quand Chien jappa plusieurs fois et vint flairer la porte close. Presque aussitôt deux coups légers retentirent; le visiteur attendit qu'on lui criât d'entrer et parut sur le seuil.

Il s'excusa de l'heure tardive, mais sans timidité.

— Nous avons campé au bout du portage, dit-il,

en haut des chutes. Il a fallu monter la tente et installer les Belges pour la nuit. Quand je suis parti je savais bien que ce n'était quasiment plus l'heure de veiller et que les chemins à travers le bois seraient mauvais pour venir. Mais je suis venu pareil, et quand j'ai vu la lumière...

Ses grandes bottes indiennes disparaissaient sous la boue; il soufflait un peu entre ses paroles, comme un homme qui a couru; mais ses yeux clairs étaient tranquilles et pleins d'assurance.

— Il n'y a que Tit'Bé qui ait changé, fit-il encore. Quand vous avez quitté Mistassini il était haut de même...

Son geste indiquait la taille d'un enfant. La mère Chapdelaine le regardait d'un air plein d'intérêt, doublement heureuse de recevoir une visite et de pouvoir parler du passé.

— Toi non plus tu n'as pas changé dans ces sept ans-là; pas en tout; mais Maria... sûrement, tu dois trouver une différence!

Il contempla Maria avec une sorte d'étonnement.

— C'est que... je l'avais déjà vue l'autre jour à Péribonka.

Son ton et son air exprimaient que, de l'avoir revue quinze jours plus tôt, cela avait effacé tout l'autrefois. Puisque l'on parlait d'elle, pourtant, il se prit à l'examiner de nouveau.

Sa jeunesse forte et saine, ses beaux cheveux drus, son cou brun de paysanne, la simplicité honnête de ses yeux et de ses gestes francs, sans doute pensa-t-il que toutes ces choses-là se trouvaient déjà dans la petite fille qu'elle était sept ans plus tôt, et c'est ce qui le fit secouer la tête deux ou trois fois comme pour dire qu'elle n'avait vraiment pas changé. Seulement il se prit à penser en même temps que c'était lui qui avait dû changer, puisque maintenant sa vue lui poignait le coeur.

Maria souriait, un peu gênée, et puis après un temps elle releva bravement les yeux et se mit à le regarder aussi.

Un beau garçon, assurément: beau de corps à cause de sa force visible, et beau de visage à cause de ses traits nets et de ses yeux téméraires... Elle se dit avec un peu de surprise qu'elle l'avait cru différent, plus osé, parlant beaucoup et avec assurance, au lieu qu'il ne parlait guère, à vrai dire, et montrait en tout une grande simplicité. C'était l'expression de sa figure qui créait cette impression sans soute, et son air de hardiesse ingénue.

La mère Chapdelaine reprit ses questions.

— Alors tu as vendu la terre quand ton père est mort, François?

— Oui. J'ai tout vendu. Je n'ai jamais été bien bon de la terre, vous savez. Travailler dans les chantiers, faire la chasse, gagner un peu d'argent de temps en temps à servir de guide ou à commercer avec les sauvages, ça c'est mon plaisir, mais gratter toujours le même morceau de terre, d'année en année, et rester là, je n'aurais jamais pu faire ça tout mon règne: il m'aurait semblé être attaché comme un animal à un pieu.

—C'est vrai. Il y a des hommes comme cela. Samuel, par exemple, et toi, et encore bien d'autres. On dirait que le bois connaît des magies pour vous faire venir...

Elle secouait la tête en le regardant avec une curiosité étonnée.

— Vous faire geler les membres l'hiver, vous faire
manger par les mouches tout l'été, vivre dans une
tente sur la neige ou dans un camp plein de trous par
où le vent passe, vous aimez mieux cela que faire tout
votre règne tranquillement sur une belle terre, là où
il y a des magasins et des maisons. Voyons, un beau
morceau de terrain planche, dans une vieille
paroisse, du terrain sans une souche ni un creux, une
bonne maison chaude toute tapissée en dedans, des
animaux gras dans le clos ou à l'étable, pour des gens
bien gréés d'instruments et qui ont de la santé, y a-t-
il rien de plus plaisant et de plus aimable?

*« Rêve de la mère »*

François Paradis regardait le plancher sans répondre, un peu honteux peut-être de ses goûts déraison-
nables.

— C'est une belle vie pour ceux qui aiment la
terre, dit-il enfin, mais moi je n'aurais pas été
heureux.

C'était l'éternel malentendu des deux races: les
pionniers et les sédentaires, les paysans venus de
France qui avaient continué sur le sol nouveau leur
idéal d'ordre et de paix immobile, et ces autres paysans en qui le vaste pays sauvage avait réveillé un
atavisme lointain de vagabondage et d'aventure.

*2 sortes de paysans*

D'avoir entendu quinze ans durant sa mère vanter
le bonheur idyllique des cultivateurs des vieilles
paroisses, Maria en était venue tout naturellement à
s'imaginer qu'elle partageait ses goûts; voici qu'elle
n'en était plus aussi sûre. Mais elle savait en tout cas

qu'aucun des jeunes gens riches de Saint-Prime, qui portaient le dimanche des pelisses de drap fin à col de fourrure, n'était l'égal de François Paradis avec ses bottes carapacées de boue et son gilet de laine usé.

En réponse à d'autres questions, il parla de ses voyages sur la côte nord du Golfe ou bien dans le haut des rivières; il en parla simplement et avec un peu d'hésitation, ne sachant trop ce qu'il fallait dire et ce qu'il fallait taire, parce qu'il s'adressait à des gens qui vivaient en des lieux presque pareils à ceux-là, et d'une vie presque pareille.

— ...Là-haut les hivers sont plus durs encore qu'i-citte et plus longs. On n'a que des chiens pour atteler aux traîneaux, de beaux chiens forts, mais malins et souvent rien qu'à moitié domptés, et on les soigne une fois par jour seulement, le soir, avec du poisson gelé... Oui, il y a des villages, mais presque pas de cultures; les hommes vivent avec la chasse et la pêche.

« ...Non: je n'ai jamais eu de trouble avec les sauvages; je me suis toujours bien accordé avec eux. Ceux de la Mistassini et de la rivière d'icitte je les connais presque tous, parce qu'ils venaient chez nous avant la mort de mon père.

« Voyez-vous, il chassait souvent l'hiver, quand il n'était pas aux chantiers, et un hiver qu'il était dans le haut de la Rivière-aux-Foins, seul, voilà qu'un arbre qu'il abattait pour faire le feu a faussé en tombant, et ce sont des sauvages qui l'ont trouvé le lendemain par aventure, assommé et à demi gelé déjà, malgré que le temps était doux. Il était sur leur territoire de chasse, et ils auraient bien pu faire semblant de ne pas le voir et le laisser mourir là; mais ils l'ont chargé sur leur traîne et rapporté à leur tente, et ils l'ont soigné.

« Vous avez connu mon père: c'était un homme rough et qui prenait un coup souvent, mais juste, et de bonne mémoire pour les services de même. Alors quand il a quitté ces sauvages-là, il leur a dit de venir le voir au printemps quand ils descendraient à la Pointe-Bleue avec leurs pelleteries: « François Paradis, de Mistassini, il leur a dit, vous n'oublierez pas... François Paradis. » Et quand ils se sont arrêtés au printemps en descendant la rivière, il les a logés comme il faut et ils ont emporté chacun en s'en allant une hache neuve, une belle couverte de laine et du tabac pour trois mois.

« Après ça, ils s'arrêtaient chez nous tous les printemps et son père avait toujours le choix de leurs plus belles peaux pour moins cher que les agents des Compagnies. Quand il est mort, ça a été tout pareil avec moi, parce que j'étais son fils et que mon nom était pareil: François Paradis. Si j'avais eu plus de capital, j'aurais pu faire gros d'argent avec eux... gros d'argent. »

Il semblait un peu confus d'avoir tant parlé, et se leva pour partir.

— Nous redescendrons dans quelques semaines et je tâcherai de m'arrêter plus longtemps, dit-il encore. C'est plaisant de se revoir!

Sur le seuil, ses yeux clairs cherchèrent les yeux de Maria, comme s'il voulait emporter un message avec lui dans les « grands bois verts » où il montait; mais il n'emporta rien. Elle craignait, dans sa simplicité, de s'être montrée déjà trop audacieuse, et tint obstinément les yeux baissés, tout comme les jeunes filles riches qui reviennent avec des mines de pureté inhumaine des couvents de Chicoutimi.

Quelques instants plus tard, les deux femmes et Tit'Bé s'agenouillèrent pour la prière de chaque soir. La mère Chapdelaine priait à haute voix, très vite, et les deux autres voix lui répondaient ensemble en un murmure indistinct. Cinq Pater, cinq Ave, les Actes, puis les longues litanies pareilles à une mélopée.

> « Sainte Marie, mère de Dieu, priez
> pour nous maintenant et à l'heure de
> notre mort...
> « Coeur Immaculé de Jésus, ayez
> pitié de nous... »

La fenêtre était restée ouverte et laissait entrer le mugissement lointain des chutes. Les premiers moustiques du printemps, attirés par la lumière, entrèrent aussi et promenèrent dans la maison leur musique aiguë. Tit'Bé, les voyant, alla fermer la fenêtre, puis revint s'agenouiller à côté des autres.

> « Grand saint Joseph, priez pour
> nous...
> « Saint-Isidore, priez pour nous... »

En se déshabillant, la prière finie, la mère Chapdelaine soupira d'un air de contentement.

— Que c'est donc plaisant de recevoir de la visite, alors qu'on ne voit presque qu'Eutrope Gagnon d'un bout de l'année à l'autre. Voilà ce que c'est que de rester si loin dans le bois! ...Du temps que j'étais fille, à Saint-Gédéon, la maison était pleine de veilleux quasiment tous les samedis soirs et tous les dimanches:

Adélard Saint-Onge, qui m'a courtisée si longtemps; Wilfrid Tremblay, le marchand, qui avait une si belle façon et essayait toujours de parler comme les Français; et d'autres... sans compter ton père, qui est venu nous voir quasiment toutes les semaines pendant trois ans avant que je ne me décide...

Trois ans... Maria songea qu'elle n'avait encore vu François Paradis que deux fois, dans toute sa vie de jeune fille, et elle se sentit honteuse de son émoi.

# IV

Avec juin le vrai printemps vint brusquement, après quelques jours froids. Le soleil brutal chauffa la terre et les bois, les dernières plaques de neige s'évanouirent, même à l'ombre des arbres serrés; la rivière Péribonka grimpa peu à peu le long de ses hautes berges rocheuses et vint noyer les buissons d'aulnes et les racines des premières épinettes; une boue prodigieuse emplit les chemins. La terre canadienne se débarrassa des derniers vestiges de l'hiver avec une sorte de rudesse hâtive, comme par crainte de l'autre hiver qui venait déjà.

Esdras et Da'Bé Chapdelaine revinrent des chantiers où ils avaient travaillé tout l'hiver. Esdras était l'aîné de tous, un grand garçon au corps massif, brun de visage, noir de cheveux, à qui son front bas et son menton renflé faisaient un masque néronien, impérieux, un peu brutal; mais il parlait doucement, pesant ses mots, et montrait en tout une grande patience. D'un tyran il n'avait assurément que le visage, comme si le froid des longs hivers et la bonne humeur raisonnable de sa race fussent entrés en lui pour lui faire un cœur simple, doux, et qui mentait à son aspect redoutable.

Da'Bé était aussi grand, mais plus mince, vif et gai, et ressemblait à son père.

Les époux Chapdelaine avaient donné aux deux premiers de leurs enfants, Esdras et Maria, de beaux noms majestueux et sonores; mais après ceux-là ils s'étaient lassés sans doute de tant de solennité, car les deux suivants n'avaient jamais entendu prononcer leurs noms véritables: on les avait toujours appelés Da'Bé et Tit'Bé, diminutifs enfantins et tendres. Les derniers, pourtant, avaient été baptisés avec un retour de cérémonie: Télesphore... Alma-Rose...

— Quand les garçons seront revenus nous allons faire de la terre, avait dit le père.

Ils s'y mirent en effet sans tarder, avec l'aide d'Edwige Légaré, leur « homme engagé ».

Au pays de Québec l'orthographe des noms et leur application sont devenues des choses incertaines. Une population dispersée dans un vaste pays demi-sauvage, illettrée pour la majeure part et n'ayant pour conseillers que ses prêtres, s'est accoutumée à ne considérer des noms que leur son, sans s'embarrasser de ce que peut être leur aspect écrit ou leur genre. Naturellement la prononciation a varié de bouche en bouche et de famille en famille, et lorsqu'une circonstance solennelle force enfin à avoir recours à l'écriture, chacun prétend épeler son nom de baptême à sa manière, sans admettre un seul instant qu'il puisse y avoir pour chacun de ces noms un canon impérieux. Des emprunts faits à d'autres langues ont encore accentué l'incertitude en ce qui concerne l'orthographe ou le sexe. On signe Denise, ou Denije, ou Deneije; Conrad ou Courade; des hommes s'appellent Herménégilde, Aglaé, Edwige...

Edwige Légaré travaillait pour les Chapdelaine tous les étés, depuis onze ans, en qualité d'homme engagé. C'est-à-dire que pour un salaire de vingt piastres par mois il s'attelait chaque jour de quatre heures du matin à neuf heures du soir à toute besogne à faire, et y apportait une sorte d'ardeur farouche qui ne s'épuisait jamais; car c'était un de ces hommes qui sont constitutionnellement incapables de rien faire sans donner le maximum de leur force et de l'énergie qui est en eux, en un spasme rageur toujours renouvelé. Court, large, il avait des yeux d'un bleu étonnamment clair — chose rare au pays de Québec, — à la fois aigus et simples, dans un visage couleur d'argile surmonté de cheveux d'une teinte presque pareille et éternellement haché de coupures. Car il se rasait deux et trois fois la semaine, par une inexplicable coquetterie, et toujours le soir, devant le morceau de miroir pendu au-dessus de la pompe, à la lueur falote de la petite lampe, promenant le rasoir sur sa barbe dure avec des grognements d'effort et de peine. Vêtu d'une chemise et de pantalons en étoffe du pays, d'un brun terreux, chaussé de grandes bottes poussiéreuses, il était en vérité tout entier couleur de terre, et son visage n'exprimait rien qu'une rusticité terrible.

Le père Chapdelaine, ses trois fils et son homme

engagé commencèrent donc à faire de la terre.

Le bois serrait encore de près les bâtiments qu'ils avaient élevés eux-mêmes quelques années plus tôt: la petite maison carrée, la grange de planches mal jointes, l'étable faite de troncs bruts entre lesquels on avait forcé des chiffons et de la terre. Entre les quelques champs déjà défrichés, nus, et la lisière de grands arbres au feuillage sombre s'étendait un vaste morceau de terrain que la hache n'avait que timidement entamé. Quelques troncs verts avaient été coupés et utilisés comme pièces de charpente; des chicots secs, sciés et fendus, avaient alimenté tout un hiver le grand poêle de fonte; mais le sol était encore couvert d'un chaos de souches, de racines entremêlées, d'arbres couchés à terre, trop pourris pour brûler, d'autres arbres morts mais toujours debout au milieu des taillis d'aulnes.

Les cinq hommes s'acheminèrent un matin vers cette pièce de terre et se mirent à l'ouvrage de suite et sans un mot, car la tâche de chacun avait été fixée d'avance.

Le père Chapdelaine et Da'Bé se postèrent en face l'un de l'autre de chaque côté d'un arbre debout et commencèrent à balancer en cadence leurs haches à manche de merisier. Chacun d'eux faisait d'abord une coche profonde dans le bois, frappant patiemment au même endroit pendant quelques secondes, puis la hache remonta brusquement, attaquant le tronc obliquement un pied plus haut et faisant voler à chaque coup un copeau épais comme la main et taillé dans le sens de la fibre. Quand leurs deux entailles étaient près de se rejoindre, l'un d'eux s'ar-

rêtait et l'autre frappait plus lentement, laissant chaque fois sa hache un moment dans l'entaille; la lame
de bois qui tenait encore l'arbre debout par une sorte
de miracle cédait enfin, le tronc se penchait et les
deux bûcherons reculaient d'un pas et le regardaient
tomber, poussant un grand cri afin que chacun se
gare.

Edwige Légaré et Esdras s'avançaient alors, et
lorsque l'arbre n'était pas trop lourd pour leurs
forces jointes ils le prenaient chacun par un bout,
croisant leurs fortes mains sous la rondeur du tronc,
puis se redressaient, raidissant avec peine l'échine et
leurs bras qui craquaient aux jointures, et s'en
allaient le porter sur un des tas proches, à pas courts
et chancelants, enjambant péniblement les autres
arbres encore couchés à terre. Quand ils jugeaient le
fardeau trop pesant Tit'Bé s'approchait, menant le
cheval Charles-Eugène qui traînait un bacul auquel
était attachée une forte chaîne; la chaîne était enrou-
lée autour du tronc et assujettie, le cheval s'arc-
boutait et, avec un effort qui gonflait les muscles de
ses hanches, traînait sur la terre le tronc qui frôlait
les souches et écrasait les jeunes aulnes.

À midi Maria sortit sur le seuil et annonça par un
long cri que le dîner était prêt. Les hommes se
redressèrent lentement parmi les souches, essuyant
d'un revers de la main les gouttes de sueur qui leur coulaient dans les yeux, et prirent le chemin de la
maison.

La soupe aux pois fumait déjà dans les assiettes. Les
cinq hommes s'attablèrent lentement, comme un
peu étourdis par le dur travail; mais à mesure qu'ils

reprenaient leur souffle leur grande faim s'éveillait et bientôt ils commencèrent à manger avec avidité. Les deux femmes les servaient, remplissant les assiettes vides, apportant le grand plat de lard et de pommes de terre bouillies, versant le thé chaud dans les tasses. Quand la viande eut disparu, les dîneurs remplirent leurs soucoupes de sirop de sucre dans lequel ils trempèrent de gros morceaux de pain tendre; puis, bientôt rassasiés parce qu'ils avaient mangé vite et sans un mot, ils repoussèrent leurs assiettes et se renversèrent sur leurs chaises avec des soupirs de contentement, plongeant leurs mains dans leurs poches pour y chercher les pipes et les vessies de porc gonflées de tabac.

Edwige Légaré alla s'asseoir sur le seuil et répéta deux ou trois fois: « J'ai bien mangé... J'ai bien mangé... » de l'air d'un juge qui rend un arrêt impartial, après quoi il s'adossa au chambranle et laissa la fumée de sa pipe et le regard de ses petits yeux pâles suivre dans l'air le même vagabondage inconscient. Le père Chapdelaine s'abandonna peu à peu sur sa chaise et finit par s'assoupir; les autres fumèrent et devisèrent de leur ouvrage.

— S'il y a quelque chose, dit la mère Chapdelaine, qui pourrait me consoler de rester si loin dans le bois, c'est de voir mes hommes faire un beau morceau de terre... Un beau morceau de terre qui a été plein de bois et de chicots et de racines et qu'on revoit une quinzaine après nu comme la main, prêt pour la charrue, je suis sûre qu'il ne peut rien y avoir au monde de plus beau et de plus aimable que ça.

Les autres approuvèrent de la tête et restèrent

silencieux quelque temps, savourant l'image. Bientôt voici que le père Chapdelaine se réveillait, rafraîchi par son somme et prêt pour la besogne; ils se levèrent et sortirent de la maison.

L'espace sur lequel ils avaient travaillé le matin restait encore semé de souches et embarrassé de buissons d'aulnes. Ils se mirent à couper et arracher les aulnes, prenant les branches par faisceaux dans leurs mains et les tranchant à coups de hache, ou bien creusant le sol autour des racines et arrachant l'arbuste entier d'une seule tirée. Quand les aulnes eurent disparu, il restait les souches.

Légaré et Esdras s'attaquèrent aux plus petites sans autre aide que leurs haches et de forts leviers de bois. À coups de hache, ils coupaient les racines qui rampaient à la surface du sol, puis enfonçaient un levier à la base du tronc et pesaient de toute leur force, la poitrine appuyée sur la barre de bois. Lorsque l'effort était insuffisant pour rompre les cent liens qui attachaient l'arbre à la terre, Légaré continuait à peser de tout son poids pour le soulever un peu, avec des grognements de peine, et Esdras reprenait sa hache et frappait furieusement au ras du sol, tranchant l'une après l'autre les dernières racines.

Plus loin les trois autres hommes manoeuvraient l'arrache-souche auquel était attelé le cheval Charles-Eugène. La charpente en forme de pyramide tronquée était amenée au-dessus d'une grosse souche et abaissée, la souche attachée avec des chaînes passant sur une poulie, et à l'autre extrémité de la chaîne le cheval tirait brusquement, jetant tout son poids en avant et faisant voler les mottes de terre sous les

crampons de ses sabots. C'était une courte charge
désespérée, un élan de tempête que la résistance
arrêtait souvent au bout de quelques pieds seulement
comme la poigne d'une main brutale; alors les
épaisses lames d'acier des haches montaient de nouveau, jetaient un éclair au soleil, retombaient avec un
bruit sourd sur les grosses racines, pendant que le
cheval soufflait quelques instants, les yeux fous,
avant l'ordre bref qui le jetterait en avant de nouveau. Et après cela, il restait encore à traîner et rouler
sur le sol vers les tas les grosses souches arrachées, à
grand renfort de reins et de bras raidis et de mains
souillées de terre, aux veines gonflées, qui semblaient lutter rageusement avec le tronc massif et les
grosses racines torves.

Le soleil glissa vers l'horizon, disparut; le ciel prit
de délicates teintes pâles au-dessus de la lisière sombre du bois, et l'heure du souper ramena vers la maison cinq hommes couleur de terre.

En les servant la mère Chapdelaine demanda cent
détails sur le travail de la journée, et quand l'idée du
coin de terre déblayé, magnifiquement nu, enfin prêt
pour la culture, eut pénétré son esprit, elle montra
une sorte d'extase mystique.

Les poings sur les hanches, dédaignant de s'atta-
bler à son tour, elle célébra la beauté du monde telle
qu'elle la comprenait: non pas la beauté inhumaine,
artificiellement échafaudée par les étonnements des
citadins, des hautes montagnes stériles et des mers
périlleuses, mais la beauté placide et vraie de la campagne au sol riche, de la campagne plate qui n'a pour
pittoresque que l'ordre des longs sillons parallèles et

la douceur des eaux courantes, de la campagne qui s'offre nue aux baisers du soleil avec un abandon d'épouse.

Elle se fit le chantre des gestes héroïques des quatre Chapdelaine et d'Edwige Légaré, de leur bataille contre la nature barbare et de leur victoire de ce jour. Elle distribua les louanges et proclama son légitime orgueil, cependant que les cinq hommes fumaient silencieusement leur pipe de bois ou de plâtre, immobiles comme des effigies après leur longue besogne — des effigies couleur d'argile, aux yeux creux de fatigue.

— Les souches sont dures, prononça enfin le père Chapdelaine, les racines n'ont pas pourri dans la terre autant que j'aurais cru. Je calcule que nous ne serons pas clairs avant trois semaines.

Il questionnait du regard Légaré; celui-ci approuva, grave.

— Trois semaines... Ouais, blasphème! C'est ça que je calcule aussi.

Ils se turent de nouveau, patients et résolus comme des gens qui commencent une longue guerre.

Le printemps canadien n'avait encore connu que quelques semaines de vie que l'été du calendrier venait déjà; et il sembla que la divinité qui réglementait le climat du lieu donnât soudain à la marche naturelle des saisons un coup de pouce auguste, afin de rejoindre une fois de plus dans leur cycle les contrées heureuses du sud. Car la chaleur arriva soudain, abrupte, une chaleur presque aussi démesurée que l'avait été le froid de l'hiver. Les cimes des épinettes et des cyprès, oubliées par le vent, se figèrent dans une immobilité perpétuelle; au-dessus de leur ligne sombre s'étendit un ciel auquel l'absence de nuages donnait une apparence immobile aussi, et de l'aube à la nuit le soleil brutal rôtit la terre.

Les cinq hommes continuaient leur travail, et de jour en jour la clairière qu'ils avaient faite s'étendait un peu plus grande derrière eux, nue, semée de déchirures profondes qui montraient la bonne terre.

Maria alla leur porter de l'eau un matin.

Le père Chapdelaine et Tit'Bé coupaient des aulnes; Da'Bé et Esdras mettaient en tas les arbres coupés. Edwige Légaré s'était attaqué seul à une souche; une main contre le tronc, de l'autre il avait saisi une racine comme on saisit dans une lutte la jambe d'un adversaire colossal, et il se battait contre l'inertie alliée du bois et de la terre en ennemi plein de haine que la résistance enrage. La souche céda tout à coup, se coucha sur le sol; il se passa la main sur le front et s'assit sur une racine, couvert de sueur, hébété par l'effort. Quand Maria arriva près de lui avec le seau à demi plein d'eau, les autres ayant bu, il était encore immobile, haletant, et répétait d'un air égaré:

— Je perds connaissance... Ah! Je perds connaissance.

Mais il s'interrompit en la voyant venir et poussa un rugissement.

— De l'eau frette! Blasphème! Donnez-moi de l'eau frette!

Il saisit le seau, en vida la moitié, se versa le reste sur la tête et dans le cou et aussitôt, ruisselant, se jeta de nouveau sur la souche vaincue et commença à la rouler vers un des tas comme on emporte une prise.

Maria resta là quelques instants, regardant le labeur des hommes et le résultat de ce labeur, plus frappant de jour en jour, puis elle reprit le chemin de la maison, balançant le seau vide, heureuse de se sentir vivante et forte sous le soleil éclatant, songeant confusément aux choses heureuses qui étaient en route et ne pouvaient manquer de venir bientôt, si elle priait avec assez de ferveur et de patience.

Déjà loin, elle entendait encore les voix des hommes qui la suivaient, portant loin au-dessus de la terre durcie par la chaleur. Esdras, les mains déjà jointes sous un jeune cyprès tombé, disait d'un ton placide: «Tranquillement... ensemble!» Légaré se colletait avec quelque nouvel adversaire inerte, et jurait d'une voix étouffée.

— Blasphème! Je te ferai bien grouiller, moué...

Son halètement s'entendait aussi, presque aussi fort que ses paroles. Il soufflait une seconde, puis se ruait de nouveau à la bataille, raidissant les bras, tordant ses larges reins.

Et une fois de plus sa voix s'élevait en jurons et en plaintes.

— Je te dis que je t'aurai... Ah! Ciboire! Qu'il fait donc chaud... On va mourir...

Sa plainte devenait un grand cri.

— Boss! On va mourir à faire de la terre!

La voix du père Chapdelaine lui répondait, un peu étranglée, mais joyeuse.

— Toffe, Edwige, toffe. La soupe aux pois sera bientôt prête.

Bientôt en effet Maria sortait de nouveau sur le

seuil et, les mains ouvertes de chaque côté de la bouche pour envoyer plus loin le son, elle annonçait le dîner par un grand cri chantant.

Vers le soir, le vent se réveilla et une fraîcheur délicieuse descendit sur la terre comme un pardon. Mais le ciel pâle restait vide de nuages.

— Si le beau temps continue, dit la mère Chapdelaine, les bleuets seront mûrs pour la fête de sainte Anne.

# V

Le beau temps continua et dès les premiers jours de juillet les bleuets mûrirent.

Dans les brûlés, au flanc des coteaux pierreux, partout où les arbres plus rares laissaient passer le soleil, le sol avait été jusque là presque uniformément rose, du rose vif des fleurs qui couvraient les touffes de bois de charme; les premiers bleuets, roses aussi, s'étaient confondus avec ces fleurs; mais sous la chaleur persistante ils prirent lentement une teinte bleu pâle, puis bleu de roi, enfin bleu violet, et quand juillet ramena la fête de sainte Anne, leurs plants chargés de grappes formaient de larges taches bleues au milieu du rose des fleurs de bois de charme qui commençaient à mourir.

Les forêts du pays de Québec sont riches en baies sauvages. Les atacas, les grenades, les raisins de cran, la salsepareille ont poussé librement dans le sillage des grands incendies; mais le bleuet, qui est la luce ou myrtille de France, est la plus abondante de toutes les baies et la plus savoureuse. Sa cueillette constitue de juillet à septembre une véritable industrie pour les familles nombreuses qui vont passer toute la journée dans le bois, théories d'enfants de toutes tailles balançant des seaux d'étain de toutes tailles, vides le matin, emplis et pesants le soir. D'autres ne cueillent les bleuets que pour eux-mêmes, afin d'en faire des confitures ou les tartes fameuses qui sont le dessert national du Canada français.

Deux ou trois fois au début de juillet Maria alla cueillir des bleuets avec Télesphore et Alma-Rose; mais l'heure de la maturité parfaite n'était pas encore venue, et le butin qu'ils rapportèrent suffit à peine à la confection de quelques tartes de propor- tions dérisoires.

— Le jour de la fête de sainte Anne, dit la mère Chapdelaine en guise de consolation, nous irons tous en cueillir; les hommes aussi, et ceux qui n'en rap- porteront pas une pleine chaudière n'en mangeront pas.

Mais le samedi soir, qui était la veille de la fête de sainte Anne, fut pour les Chapdelaine une veillée mémorable et telle que leur maison dans les bois n'en avait pas encore connue.

Quand les hommes revinrent de l'ouvrage, Eutrope Gagnon était déjà là. Il avait soupé, disait-il, et pen- dant que les autres prenaient leur repas, il resta assis près de la porte, se balançant sur deux pieds de sa chaise dans le courant d'air frais. Les pipes allumées, la conversation roula naturellement sur les travaux de la terre et le soin du bétail.

— À cinq hommes, dit Eutrope, on fait gros de terre en peu de temps. Mais quand on travaille seul comme moi, sans cheval pour traîner les grosses pièces, ça n'est pas guère d'avant et on a de la misère. Mais ça avance pareil, ça avance.

La mère Chapdelaine, qui l'aimait et que l'idée de son labeur solitaire pour la bonne cause remplissait d'ardente sympathie, prononça des paroles d'encouragement.

— Ça ne va pas si vite seul, c'est vrai; mais aussi un homme seul se nourrit sans grande dépense, et puis votre frère Égide va revenir de la drave avec deux, trois cents piastres pour le moins, en temps pour les foins et la moisson, et si vous restez tous les deux icitte l'hiver prochain, dans moins de deux ans vous aurez une belle terre.

Il approuva de la tête et involontairement son regard se leva sur Maria, impliquant que d'ici à deux ans, si tout allait bien, il pourrait songer peut-être...

— La drave marche-t-elle bien? demanda Esdras. As-tu des nouvelles de là-bas?

— J'ai eu des nouvelles par Ferdina Larouche, un des garçons de Thadée Larouche de Honfleur, qui est revenu de La Tuque le mois dernier. Il dit que ça allait bien; les hommes n'avaient pas trop de misère.

Les chantiers, la drave, ce sont les deux chapitres principaux de la grande industrie du bois, qui pour les hommes de la province de Québec est plus importante encore que celle de la terre. D'octobre à avril les haches travaillent sans répit et les forts chevaux traînent les billots sur la neige jusqu'aux berges des rivières glacées; puis, le printemps venu, les piles de bois s'écroulent l'une après l'autre dans l'eau neuve et commencent leur longue navigation hasardeuse à travers les rapides. Et à tous les coudes des rivières, à toutes les chutes, partout où les innombrables billots bloquent et s'amoncellent, il faut encore le concours des draveurs forts et adroits, habitués à la besogne périlleuse, pour courir sur les troncs demi-submergés, rompre les barrages, aider tout le jour avec la hache et la gaffe à la marche heureuse des pans de forêt qui descendent.

— De la misère, s'exclama Légaré avec mépris. Les jeunesses d'à présent ne savent pas ce que c'est que d'avoir de la misère. Quand elles ont passé trois mois dans le bois elles se dépêchent de redescendre et d'acheter des bottines jaunes, des chapeaux durs et des cigarettes pour aller voir les filles. Et même dans les chantiers, à cette heure, ils sont nourris pareil comme dans les hôtels, avec de la viande et des patates tout l'hiver. Il y a trente ans...

Il se tut quelques instants et exprima d'un seul hochement de tête les changements prodigieux qu'avaient amenés les années.

— Il y a trente ans, quand on a fait la ligne pour amener les chars de Québec, j'étais là, moué, et je vous dis que ça c'était de la misère. Je n'avais que seize ans, mais je bûchais avec les autres pour clairer la ligne, toujours à vingt-cinq milles en avant du fer, et je suis resté quatorze mois sans voir une maison. On n'avait pas de tentes non plus pendant l'été: rien que des abris en branches de sapin qu'on se faisait soi-même, et du matin à la nuit c'était bûche, bûche, bûche, mangé par les mouches et dans la même journée trempé de pluie et rôti de soleil.

« Le lundi matin on ouvrait une poche de fleur et on se faisait des crêpes plein un siau, et tout le reste de la semaine, trois fois par jour, pour manger, on allait puiser dans le siau. Le mercredi n'était pas arrivé qu'il n'y avait déjà plus de crêpes, parce qu'elles se collaient toutes ensemble; il n'y avait plus rien qu'un bloc de pâte. On se coupait un gros morceau de pâte avec son couteau, on se mettait ça dans le ventre, et puis bûche et bûche encore...

« Quand on est arrivé à Chicoutimi, où les provisions venaient par eau, on était pire que les sauvages, quasiment tout nus, la peau toute déchirée par les branches, et j'en connais qui se sont mis à pleurer quand on leur a dit qu'ils pouvaient s'en retourner chez eux, parce qu'ils pensaient qu'ils allaient trouver tout leur monde mort, tant ça leur avait paru long. Ça, c'était de la misère.

— C'est vrai, dit le père Chapdelaine, je me rappelle de ce temps-là. Il n'y avait pas une seule maison en haut du lac: rien que des sauvages et quelques chasseurs qui montaient par là l'été en canot et l'hiver dans des traîneaux à chiens, quasiment comme aujourd'hui au Labrador.

Les jeunes gens écoutaient avec curiosité ces récits d'autrefois.

— Et à cette heure, fit Esdras, nous voilà icitte à quinze milles en haut du lac, et quand le bateau de Roberval marche on peut descendre aux chars en douze heures de temps.

Ils songèrent à cela pendant quelque temps sans parler: à la vie implacable d'autrefois, à la courte journée de voyage qui maintenant les séparait seulement des prodiges de la voie ferrée, et ils s'émerveillèrent avec sincérité.

Tout à coup Chien grogna sourdement; un bruit de pas se fit entendre au dehors.

— Encore de la visite! s'écria la mère Chapdelaine d'un ton d'étonnement joyeux.

Maria se leva aussi, émue, lissant ses cheveux sans y penser; mais ce fut Éphrem Surprenant, un habitant de Honfleur, qui ouvrit la porte.

— On vient veiller! cria-t-il de toutes ses forces en homme qui annonce une grande nouvelle.

Derrière lui entra un inconnu qui saluait et souriait avec politesse.

— C'est mon neveu Lorenzo, annonça de suite Éphrem Surprenant, un garçon de mon frère Elzéar, qui est mort l'automne passé. Vous ne le connaissez pas; voilà longtemps qu'il a quitté le pays pour vivre aux États.

L'on se hâta d'offrir une chaise au jeune homme qui venait des États, et son oncle se mit en devoir d'établir avec certitude sa généalogie des deux côtés et de donner tous les détails nécessaires sur son âge, son métier et sa vie, selon la coutume canadienne.

— Ouais, un garçon de mon frère Elzéar, qui avait marié une petite Bourglouis, de Kiskising. Vous avez dû connaître ça, vous, madame Chapdelaine?

Du fond de sa mémoire la mère Chapdelaine exhuma aussitôt le souvenir de plusieurs Surprenant et d'autant de Bourglouis, et elle en récita la liste avec leurs prénoms, leurs diverses résidences successives et la nomenclature complète de leurs alliances.

— C'est ça... C'est bien ça. Eh bien, celui-ci, c'est Lorenzo. Il travaille aux États depuis plusieurs années dans les manufactures.

Chacun examina de nouveau avec une curiosité simple Lorenzo Surprenant. Il avait une figure grasse aux traits fins, des yeux tranquilles et doux, des mains blanches; la tête un peu de côté, il souriait poliment, sans ironie ni gêne, sous les regards braqués.

— Il est venu, continuait son oncle, pour régler les affaires qui restaient après la mort d'Elzéar et pour essayer de vendre la terre.

— Il n'a pas envie de garder la terre et de se mettre habitant? interrogea le père Chapdelaine.

Lorenzo Surprenant accentua son sourire et secoua la tête.

— Non. Ça ne me tente pas de devenir habitant; pas en tout. Je gagne de bonnes gages là où je suis; je me plais bien; je suis accoutumé à l'ouvrage...

Il s'arrêta là, mais laissa paraître qu'après la vie qu'il avait vécue, et ses voyages, l'existence lui serait intolérable sur une terre entre un village pauvre et les bois.

— Du temps que j'étais fille, dit la mère Chapdelaine, c'était quasiment tout un chacun qui partait pour les États. La culture ne payait pas comme à cette heure, les prix étaient bas, on entendait parler des grosses gages qui se gagnaient là-bas dans les manufactures, et tous les ans c'étaient des familles et des familles qui vendaient leur terre presque pour rien et qui partaient du Canada. Il y en a qui ont gagné gros d'argent, c'est certain, surtout les familles où il y avait beaucoup de filles; mais à cette heure les choses ont changé et on n'en voit plus tant qui s'en vont.

— Alors, vous allez vendre la terre?

— Ouais. On en a parlé avec trois Français qui sont arrivés à Mistook le mois dernier; je pense que ça va se faire.

— Et y a-t-il bien des Canayens là où vous êtes? Parle-t-on français?

— Là où j'étais en premier, dans l'État du Maine, il y avait plus de Canayens que d'Américains ou d'Irlandais; tout le monde parlait français; mais à la place où je reste maintenant, qui est dans l'État de Massachusetts, il y en a moins. Quelques familles, tout de même; on va veiller le soir...

— Samuel a pensé à aller dans l'Ouest, un temps, dit la mère Chapdelaine, mais je n'aurais jamais voulu. Au milieu de monde qui ne parle que l'anglais, j'aurais été malheureuse tout mon règne. Je lui ai toujours dit: « Samuel, c'est encore parmi les Canadiens que les Canadiens sont le mieux. »

Lorsque les Canadiens français parlent d'eux-mêmes, ils disent toujours « Canadiens », sans plus; et à toutes les autres races qui ont derrière eux peuplé le pays jusqu'au Pacifique, ils ont gardé pour parler d'elles leurs appellations d'origine: Anglais, Irlandais, Polonais ou Russes, sans admettre un seul instant que leurs fils, même nés dans le pays, puissent prétendre aussi au nom de « Canadiens ». C'est là un titre qu'ils se réservent tout naturellement et sans intention d'offense, de par leur héroïque antériorité.

— Et c'est-y une grosse place là où vous êtes?

— Quatre-vingt-dix mille, dit Lorenzo avec une

moue de modestie.

— Quatre-vingt-dix mille! Plus gros que Québec!

— Ouais. Et par les chars on n'est qu'à une heure de Boston. Ça c'est une vraie grosse place.

Alors il se mit à leur parler des grandes villes américaines et de leurs splendeurs, de la vie abondante et facile, pétrie de raffinements inouïs, qu'y mènent les artisans à gros salaires.

On l'écouta en silence. Dans le rectangle de la porte ouverte les dernières teintes cramoisies du ciel se fondaient en nuances plus pâles, auxquelles la masse indistincte de la forêt faisait un immense socle noir. Les maringouins arrivaient en légions si nombreuses que leur bourdonnement formait une clameur, une vaste note basse qui emplissait la clairière comme un mugissement.

— Télesphore, commanda le père Chapdelaine, fais-nous de la boucane... Prends la vieille chaudière.

Télesphore prit le seau dont le fond commençait à se décoller, y tassa de la terre, puis le remplit de copeaux secs et de brindilles qu'il alluma. Quand le feu monta en une flamme claire, il revint avec une brassée d'herbes et de feuilles dont il couvrit la flamme; une colonne de fumée âcre s'éleva, que le vent poussa dans la maison, chassant les innombrables moustiques affolés. Avec des soupirs de soulagement l'on put enfin goûter un peu de repos, interrompre la guérilla.

Le dernier maringouin vint se poser sur la figure de la petite Alma-Rose. Gravement elle récita les paroles sacramentelles:

— Mouche, mouche diabolique! Mon nez n'est

pas une place publique!

Puis elle écrasa prestement la bestiole d'une tape.

La boucane entrait par la porte en une colonne oblique; une fois dans la maison, soustraite à la poussée du vent, elle enflait et se répandait en nuées ténues; les murs devinrent vagues et lointains; le groupe assis entre la porte et le poêle se réduisit à un cercle de figures brunes suspendues dans la fumée blanche.

— Salut un chacun! fit une voix claire.

Et François Paradis émergea du nuage et parut sur le seuil.

Maria attendait sa venue depuis plusieurs semaines déjà. Une demi-heure plus tôt le bruit de pas au dehors lui avait fait monter le sang aux tempes, et voici pourtant que la présence de celui qu'elle attendait la frappait comme une surprise émouvante.

— Donne donc ta chaise, Da'bé! s'exclama la mère Chapdelaine.

Quatre visiteurs venus de trois points différents réunis chez elle, il n'en fallait pas plus pour la remplir d'une agitation joyeuse. En vérité ce serait une veillée mémorable.

— Hein! Tu dis toujours que nous sommes perdus dans le bois et que nous ne voyons personne, triompha son mari. Compte: onze grandes personnes.

Toutes les chaises de la maison étaient occupées; Esdras, Tit-Bé et Eutrope Gagnon occupaient le banc; le père Chapdelaine était assis sur une caisse renversée; Télesphore et Alma-Rose, du perron, surveillaient la boucane qui montait toujours.

— Par exemple, s'écria Éphrem Surprenant. Ça

fait bien des garçons et rien qu'une fille!

L'on compta les garçons: les trois fils Chapdelaine, Eutrope Gagnon, Lorenzo Surprenant et François Paradis. Quant à la fille... Tous les regards convergèrent sur Maria, qui sourit faiblement et baissa les yeux gênée.

— As-tu fait un bon voyage, François? Il a remonté la rivière avec des étrangers qui allaient acheter des pelleteries aux sauvages, expliqua le père Chapdelaine.

Et il présenta formellement aux autres visiteurs François Paradis, fils de François Paradis de Saint-Michel-de-Mistassini.

Eutrope Gagnon le connaissait de nom; Éphrem Surprenant avait connu son père: «un grand homme, encore plus grand que lui, et d'une force dépareillée...» Il ne restait plus à expliquer que la présence de Lorenzo Surprenant, qui venait des États, et tout fut en ordre.

— Un bon voyage? répondit François Paradis. Non, pas trop bon. Il y a un des Belges qui a pris les fièvres et qui a manqué en mourir. Après ça on se trouvait tard dans la saison; plusieurs familles de sauvages étaient déjà descendues à Sainte-Anne-de-Chicoutimi et on n'a pas pu les voir; et pour finir, ils ont chaviré un des canots à la descente en sautant un rapide et nous avons eu de la misère à repêcher les pelleteries, sans compter qu'un des boss a manqué se noyer, justement celui qui avait eu les fièvres. Non, on a été malchanceux tout du long. Mais nous voilà revenus pareil et ça fait toujours une job de faite.

Il exprima par un geste qu'il avait fait son ouvrage,

reçu son salaire, et que les bénéfices ou pertes éventuels lui importaient peu.

— Ça fait toujours une job de faite, répéta-t-il lentement. Les Belges se dépéchaient pour être de retour à Péribonka demain dimanche; mais comme il restait un autre homme du pays avec eux, je les ai laissés finir la descente seuls pour venir veiller avec vous. C'est plaisant de revoir les maisons!

Son regard erra avec satisfaction sur l'intérieur pauvre empli de fumée et sur les gens qui l'entouraient. Parmi toutes ces figures brunes, hâlées par le grand air et le soleil, sa figure était la plus brune et la plus hâlée; ses vêtements montraient de nombreuses cicatrices; un pan de son gilet de laine déchiré lui retombait sur l'épaule; des mocassins avaient remplacé ses bottes de printemps. Il semblait avoir apporté avec lui quelque chose de la nature sauvage — « en haut des rivières » — où les Indiens et les grands animaux se sont enfoncés comme dans une retraite sûre. Et Maria, que sa vie rendait incapable de comprendre la beauté de cette nature-là, parce qu'elle était si près d'elle, sentait pourtant qu'une magie s'était mise à l'oeuvre et lui envoyait la griserie de ses philtres dans les narines.

Esdras avait été chercher le jeu de cartes, les cartes au dos rouge pâle, usées aux coins, parmi lesquelles la dame de coeur, perdue, avait été remplacée par un rectangle de carton rouge vif qui portait l'inscription bien claire: « Dame de coeur ».

L'on joua au quatre-sept; les deux Surprenant, l'oncle et le neveu, avaient respectivement la mère Chapdelaine et Maria comme partenaires; après chaque partie celui des couples qui avait été battu quittait la table et faisait place à deux autres joueurs. La nuit était tout à fait tombée; par la fenêtre ouverte quelques mouches pénétrèrent et promenèrent dans la maison leur musique harcelante et leurs piqûres.

— Télesphore! cria Esdras, guette la boucane; voilà les mouches qui rentrent.

Quelques minutes plus tard la fumée emplissait de nouveau la maison, opaque, presque étouffante, mais accueillie avec joie. La veillée poursuivit son cours placide. Une heure de jeu, quelques propos échangés avec des visiteurs qui apportent des nouvelles du vaste monde — on appelle encore cela du plaisir au pays de Québec.

Entre les parties, Lorenzo Surprenant entretenait Maria de sa vie et de ses voyages; ou bien il l'interrogeait sur sa vie à elle. Il ne songeait pas à assumer d'airs prétentieux ni supérieurs, et pourtant elle se sentait gênée de trouver si peu de chose à dire et ne répondait qu'avec une sorte de honte.

Les autres causaient entre eux ou regardaient les joueurs. La mère Chapdelaine répétait que cela lui rappelait les veillées innombrables qu'elle avait connues à Saint-Gédéon, du temps qu'elle était fille, et elle regardait l'un après l'autre avec un plaisir évident les trois jeunes hommes étrangers réunis sous son toit. Mais Maria s'asseyait à la table, maniait les cartes, puis retournait à quelque siège vide près de la porte ouverte sans presque jamais regarder autour d'elle. Lorenzo Surprenant était constamment à côté d'elle et lui parlait; elle sentait aussi les regards d'Eutrope Gagnon passer souvent sur elle avec leur expression coutumière de guet patient; et de l'autre côté de la porte elle savait que François Paradis se tenait penché en avant, les coudes sur ses genoux, muet, avec son beau visage rougi par le soleil et ses yeux intrépides.

— Maria n'a pas une bien belle façon à soir, dit la mère Chapdelaine comme pour l'excuser. Elle n'est guère accoutumée aux veilleux, voyez-vous...

Si elle avait su... À quatre cents milles de là, en haut des rivières, ceux des « sauvages » qui avaient fui les missionnaires et les marchands étaient accroupis autour d'un feu de cyprès sec, devant leurs tentes, et promenaient leurs regards sur un monde encore empli pour eux comme aux premiers jours de puissances occultes, mystérieuses: le Wendigo géant qui défend qu'on chasse sur son territoire; les philtres malfaisants ou guérisseurs que savent préparer avec des feuilles et des racines les vieux hommes pleins d'expérience; toute la gamme des charmes et des magies. Et voici que sur la lisière du monde blanc, à une journée des « chars », dans la maison de bois emplie de boucane âcre, un sortilège impérieux flottait aussi avec la fumée et parait de grâces inconcevables, aux yeux de trois jeunes hommes, une belle fille simple qui regardait à terre.

La nuit avançait; les visiteurs s'en allèrent: les deux Surprenant d'abord, puis Eutrope Gagnon, et il ne resta plus que François Paradis, debout, qui semblait hésiter.

— Tu couches icitte à soir, François? demanda le père Chapdelaine.

Sa femme n'attendit pas une réponse.

— Comme de raison! fit-elle. Et demain on ira

tous ramasser des bleuets. C'est la fête de sainte Anne.

Lorsque, quelques instants plus tard, François monta l'échelle avec les garçons, Maria en ressentit un plaisir ému. Il lui paraissait venir ainsi un peu près d'elle et entrer dans le cercle des affections légitimes.

Le lendemain fut une journée bleue, une de ces journées où le ciel éclatant jette un peu de sa couleur claire sur la terre. Le jeune foin, le blé en herbe étaient d'un vert infiniment tendre, émouvant, et même le bois sombre semblait se teinter un peu d'azur.

François Paradis redescendit l'échelle au matin, métamorphosé, en des vêtements propres empruntés à Da'Bé et à Esdras, et quand il eut fait sa toilette et se fut rasé, la mère Chapdelaine le complimenta sur sa bonne mine.

Une fois le déjeuner du matin pris, tous récitèrent ensemble un chapelet à l'heure de la messe, et après cela le long loisir merveilleux du dimanche s'étendit devant eux. Mais le programme de la journée était déjà arrêté: Eutrope Gagnon arriva comme ils finissaient le dîner, qui avait été servi de bonne heure, et aussitôt après ils partirent tous, munis d'une multitude disparate de seaux, de plats et de gobelets d'étain.

Les bleuets étaient bien mûrs. Dans les brûlés, le violet de leurs grappes et le vert de leurs feuilles noyaient maintenant le rose éteint des dernières fleurs de bois de charme. Les enfants se mirent à les cueillir de suite avec des cris de joie; mais les grandes personnes se dispersèrent dans le bois, cherchant les grosses tales au milieu desquelles on peut s'accroupir et remplir un seau en une heure. Le bruit des pas sur les broussailles et dans les taillis d'aulnes, les cris de Télesphore et d'Alma-Rose qui s'appelaient l'un l'autre, tous ces sons s'éloignèrent peu à peu et autour de chaque cueilleur il ne resta plus que la clameur des mouches ivres de soleil et le bruit du vent dans les branches des jeunes bouleaux et des trembles.

— Il y a une belle tale icitte, appela une voix.

Maria se redressa, le coeur en émoi, et alla rejoindre François Paradis qui s'agenouillait derrière des aulnes. Côte à côte, ils ramassèrent des bleuets quelque temps avec diligence, puis s'enfoncèrent ensemble dans le bois, enjambant les arbres tombés, cherchant du regard autour d'eux les taches violettes des baies mûres.

— Il n'y en a pas guère cette année, dit François. Ce sont les gelées de printemps qui les ont fait mourir.

Il apportait à la cueillette son expérience de coureur des bois.

— Dans les creux et entre les aulnes... La neige sera restée plus longtemps et les aura gardés des premières gelées.

Ils cherchèrent et firent quelques trouvailles heureuses: de larges tales d'arbustes chargées de baies grasses, qu'ils égrenèrent industrieusement dans leurs seaux. Ceux-ci furent pleins en une heure; alors ils se relevèrent et s'assirent sur un arbre tombé pour se reposer.

D'innombrables moustiques et maringouins tour-billonnaient dans l'air brûlant de l'après-midi. À chaque instant il fallait les écarter d'un geste; ils décrivaient une courbe affolée et revenaient de suite, impitoyables, inconscients, uniquement anxieux de trouver un pouce carré de peau pour leur piqûre; à leur musique suraiguë se mêlait le bourdonnement des terribles mouches noires, et le tout emplissait le bois comme un grand cri sans fin. Les arbres verts étaient rares: de jeunes bouleaux, quelques trembles, des taillis d'aulnes agitaient leur feuillage au milieu de la colonnade des troncs dépouillés et noircis.

François Paradis regarda autour de lui comme pour s'orienter.

— Les autres ne doivent pas être loin, dit-il.

— Non, répondit Maria à voix basse.

Mais ni l'un ni l'autre ne poussa de cri d'appel.

Un écureuil descendit du tronc d'un bouleau mort et les guetta quelques instants de ses yeux vifs avant de se risquer à terre. Au milieu de la clameur ivre des mouches, les sauterelles pondeuses passaient avec un crépitement sec; un souffle de vent apporta à travers les aulnes le grondement lointain des chutes.

François Paradis regarda Maria à la dérobée, puis détourna de nouveau les yeux en serrant très fort ses mains l'une contre l'autre. Qu'elle était donc plaisante à contempler! D'être assis auprès d'elle, d'entrevoir sa poitrine profonde, son beau visage honnête et patient, la simplicité franche de ses gestes rares et de ses attitudes, une grande faim d'elle lui venait et en même temps un attendrissement émerveillé, parce qu'il avait vécu presque toute sa vie rien qu'avec d'autres hommes, durement, dans les grands bois sauvages ou les plaines de neige.

Il sentait qu'elle était de ces femmes qui, lorsqu'elles se donnent, donnent tout sans compter: l'amour de leur corps et de leur coeur, la force de leurs bras dans la besogne de chaque jour, la dévotion complète d'un esprit sans détours. Et le tout lui paraissait si précieux qu'il avait peur de le demander.

— Je vais descendre à Grand-Mère la semaine prochaine, dit-il à mi-voix, pour travailler sur l'écluse à bois. Mais je ne prendrai pas un coup, Maria, pas un seul!

Il hésita un peu et demanda abruptement, les yeux à terre:

— Peut-être... Vous a-t-on dit quelque chose contre moi?

— Non.

— C'est vrai que j'avais coutume de prendre un coup pas mal, quand je revenais des chantiers et de la drave; mais c'est fini. Voyez-vous... quand un garçon a passé six mois dans le bois à travailler fort et à avoir de la misère et jamais de plaisir, et qu'il arrive à La Tuque ou à Jonquières avec toute la paye de l'hiver dans sa poche, c'est quasiment toujours que la tête lui tourne un peu: il fait de la dépense et il se met chaud, des fois... mais c'est fini.

« Et c'est vrai aussi que je sacrais un peu. À vivre tout le temps avec des hommes rough, dans le bois ou sur les rivières, on s'accoutume à ça. Il y a eu un temps que je sacrais pas mal, et M. le curé Tremblay m'a disputé une fois parce que j'avais dit devant lui que je n'avais pas peur du diable. Mais c'est fini, Maria. Je vais travailler tout l'été à deux piastres et demie par jour et je mettrai de l'argent de côté, certain. Et à l'automne je suis sûr de trouver une job comme foreman dans un chantier, avec de grosses gages. Au printemps prochain j'aurai plus de cinq cents piastres de sauvées, claires, et je reviendrai. »

Il hésita encore, et la question qu'il allait poser changea sur ses lèvres.

— Vous serez encore icitte... au printemps prochain?

— Oui.

Et après cette simple question et sa plus simple réponse, ils se turent et restèrent longtemps ainsi, muets et solennels, parce qu'ils avaient échangé leurs serments.

# VI

En juillet les foins avaient commencé à mûrir, et quand le milieu d'août vint il ne restait plus qu'à attendre une période de sécheresse pour les couper et les mettre en grange. Mais après plusieurs semaines de beau temps continu, les sautes de vent fréquentes, qui sont de règle dans la plus grande partie de la province de Québec, avaient repris.

Chaque matin les hommes examinaient le ciel et tenaient conseil.

— Le vent tourne au sudet. Blasphème! Il va mouiller encore, c'est clair, disait Edwige Légaré d'un air sombre.

Ou bien le père Chapdelaine examinait longuement les nuages blancs qui surgissaient l'un après l'autre au-dessus des arbres sombres, traversaient joyeusement la clairière et disparaissaient derrière les cimes de l'autre côté.

— Si le norouâ tient jusqu'à demain, on pourra commencer, prononçait-il.

Mais le lendemain le vent avait encore changé, et il semblait que les nuages allègres de la veille revinssent sous forme de longues nuées confuses et déchirées, pareilles aux débris d'une armée après la défaite.

La mère Chapdelaine prophétisa des malchances certaines.

— Je vous dis que nous n'aurons pas de beau temps pour les foins. Il paraît que dans le bas du lac il y a des gens de la même paroisse qui se sont faits des procès les uns aux autres. Le bon Dieu n'aime pas ça, c'est sûr.

Mais la divinité se montra enfin indulgente et le vent du nord-ouest souffla trois jours de suite, fort et continu, assurant une période de temps sans pluie. Les faux avaient été aiguisées longtemps d'avance, et les cinq hommes se mirent à l'ouvrage le matin du troisième jour. Légaré, Esdras et le père Chapdelaine fauchaient; Da'Bé et Tit'Bé les suivaient pas à pas avec les râteaux et mettaient de suite en tas le foin coupé. Vers le soir, tous les cinq prirent des fourches et firent les veilloches, hautes et bien tassées, en prévision d'une saute de vent possible. Mais le temps resta beau. Cinq jours durant ils continuèrent, balançant tout le jour leurs faux de droite à gauche avec le grand geste ample qui paraît si facile chez un faucheur exercé et qui constitue pourtant le plus difficile à apprendre et le plus dur de tous les travaux de la terre.

Les mouches et les maringouins jaillissaient par milliers du foin coupé et les harcelaient de leurs piqûres; le soleil ardent leur brûlait la nuque et les gouttes de sueur leur brûlaient les yeux; la fatigue de leurs dos toujours pliés devenait telle vers le soir qu'ils ne se redressaient qu'avec des grimaces de peine. Mais ils besognaient de l'aube à la nuit sans perdre une seconde, abrégeant les repas, heureux et reconnaissants du temps favorable.

Trois ou quatre fois par jour, Maria ou Télesphore leur apportait un seau d'eau qu'ils cachaient sous des branches pour la conserver froide; et quand la chaleur, le travail et la poussière de foin leur avaient par trop desséché le gosier, ils allaient, chacun à son tour, boire de grandes lampées d'eau et s'en verser sur les poignets ou sur la tête.

En cinq jours, tout le foin fut coupé, et comme la sécheresse persistait, ils commencèrent au matin du sixième jour à ouvrir et retourner les veilloches qu'ils voulaient granger avant le soir. Les faux avaient fini leur besogne et ce fut le tour des fourches. Elles démolirent les veilloches, étalèrent le foin au soleil, puis vers la fin de l'après-midi, quand il eut séché, elles l'amoncelèrent de nouveau en tas de la grosseur exacte qu'un homme peut soulever en une seule fois au niveau d'une haute charrette déjà presque pleine.

Charles-Eugène tirait vaillamment entre les brancards; la charrette s'engouffrait dans la grange, s'arrêtait au bord de la tasserie, et les fourches s'enfonçaient une fois de plus dans le foin durement foulé, qu'elles enlevaient en galettes épaisses, sous l'effort des poignets et des reins, et déchargeaient au côté.

À la fin de la semaine tout le foin était dans la grange, sec et d'une belle couleur, et les hommes s'étirèrent et respirèrent longuement comme s'ils sortaient d'une bataille.

— Il peut mouiller à cette heure, dit le père Chapdelaine. Ça ne nous fera pas de différence.

Mais il apparut que la période de sécheresse n'avait pas été exactement calculée à leurs besoins, car le vent continua à souffler du nord-ouest et les jours ensoleillés ne cessèrent pas de s'égrener, monotones.

Chez les Chapdelaine les femmes n'avaient pas à participer aux travaux des champs. Le père et ses trois grands fils, tous forts et adroits à la besogne, auraient suffi, et s'ils continuaient à employer Légaré et à lui payer un salaire, c'est qu'il avait commencé à travailler pour eux onze ans plus tôt, quand les enfants étaient tous jeunes, et ils le gardaient maintenant à moitié par habitude et à moitié parce qu'ils répugnaient à se priver des services d'un si terrible travailleur. Pendant le temps des foins Maria et sa mère n'eurent donc à faire que leur ouvrage habituel: la tenue de la maison, la confection des repas, la lessive et le raccommodage du linge, la traite des trois vaches et le soin des volailles, et une fois par semaine la cuisson du pain qui se prolongeait souvent tard dans la nuit.

Les soirs de cuisson, l'on envoyait Télesphore à la recherche des boîtes à pain, qui se trouvaient invariablement dispersées dans tous les coins de la maison ou du hangar, parce qu'elles avaient servi tous les jours à mesurer l'avoine au cheval ou le blé d'Inde aux poules, sans compter vingt autres usages inattendus qu'on leur trouvait à chaque instant. Lorsqu'elles étaient toutes rassemblées et nettoyées, la pâte levait déjà et les femmes se hâtaient de se débarrasser des autres ouvrages pour abréger leur veillée.

Télesphore avait fait brûler dans le foyer d'abord quelques branches de cyprès gommeux, dont la flamme sentait la résine, puis de grosses bûches d'épinette rouge qui donnaient une chaleur égale et soutenue. Quand le four était chaud, Maria y rangeait les boîtes pleines de pâte, et après cela il ne restait plus qu'à surveiller le feu et à changer les boîtes de place au milieu de la cuisson.

Le four avait été bâti trop petit, cinq ans auparavant, et depuis la famille n'avait jamais manqué de parler toutes les semaines du four neuf qu'il était urgent de construire et qui en vérité devait être commencé sans plus tarder; mais par une malchance sans cesse renouvelée, l'on oubliait à chaque voyage de faire venir le ciment nécessaire, de sorte qu'il fallait toujours deux et quelquefois trois fournées pour nourrir pendant une semaine les neuf bouches de la maison. Maria se chargeait invariablement de la première fournée; invariablement aussi, quand la deuxième fournée était prête et que la soirée s'avançait déjà, la mère Chapdelaine disait charitablement:

— Tu peux te coucher, Maria, je guetterai la deuxième cuite.

Maria ne répondait rien; elle savait fort bien que sa mère allait tout à l'heure s'allonger sur son lit tout habillée, pour se reposer un instant, et qu'elle ne se réveillerait qu'au matin. Elle se contentait donc de raviver la boucane qu'on faisait tous les soirs dans le vieux seau percé, enfournait la deuxième cuite et venait s'asseoir sur le seuil, le menton dans ses

mains, gardant à travers les heures de la nuit son iné-
puisable patience.

À vingt pas de la maison, le four, coiffé de son
petit toit de planches, faisait une tache sombre; la
porte du foyer ne fermait pas exactement et laissait
passer une raie de lumière rouge; la lisière noire du
bois se rapprochait un peu dans la nuit. Maria restait
immobile, goûtant le repos et la fraîcheur, et sentait
mille songes confus tournoyer autour d'elle comme
un vol de corneilles.

Autrefois cette attente dans la nuit n'était qu'un
demi-assoupissement, et elle ne cessait de souhaiter
patiemment que la cuisson achevée lui permît le
sommeil; depuis que François Paradis avait passé, la
longue veille hebdomadaire lui était plaisante et
douce, parce qu'elle pouvait penser à lui et à elle-
même sans que rien vînt interrompre le cours des
choses heureuses qu'elle imaginait. Elles étaient infiniment simples, ces choses, et n'allaient guère loin. Il
reviendrait au printemps; ce retour, le plaisir de le
revoir, les mots qu'il lui dirait quand ils se trouve-
raient seuls de nouveau, les premiers gestes d'amour
qui les joindraient, il était déjà difficile à Maria de se
figurer clairement comment tout cela pourrait
arriver.

Elle essayait pourtant. D'abord elle se répétait
deux ou trois fois son nom entier, cérémonieuse-
ment, tel que les autres le prononçaient: François
Paradis, de Saint-Michel-de-Mistassini... François
Paradis... et tout à coup, intimement: François.

C'est fait. Le voilà devant elle, avec sa haute taille
et sa force, sa figure cuite par le soleil et la réverbéra-

tion de la neige, et ses yeux hardis. Il est revenu, heureux de la revoir et heureux aussi d'avoir tenu ses promesses, d'avoir vécu toute une année en garçon sage, sans sacrer ni boire. Il n'y a pas encore de bleuets à cueillir, puisque c'est le printemps; mais ils trouvent quelque bonne raison pour s'en aller ensemble dans le bois; il marche à côté d'elle sans la toucher ni rien lui dire, à travers le bois de charme qui commence à se couvrir de fleurs roses, et rien que le voisinage est assez pour leur mettre à tous deux un peu de fièvre aux tempes et leur pincer le coeur.

Maintenant ils se sont assis sur un arbre tombé, et voici qu'il parle.

— Vous êtes-vous ennuyée de moi, Maria?

C'est assurément cela qu'il demandera d'abord; mais elle ne peut pas aller plus loin dans son rêve, parce que lorsqu'elle est arrivée là une détresse l'arrête. Oh! mon Dou! Comme elle aura eu le temps de s'ennuyer de lui, avant que ce moment-là ne vienne! Encore tout le reste de l'été à traverser, et l'automne, et tout l'interminable hiver! Maria soupire; mais l'infinie patience de sa race lui revient bientôt, et elle commence à penser à elle-même, et à ce que toutes ces choses signifient pour elle.

Pendant qu'elle était à Saint-Prime une de ses cousines, qui devait se marier prochainement, lui a parlé plusieurs fois de ce mariage. Un jeune homme du village et un autre, de Normandin, l'avaient courtisée ensemble, venant tous deux pendant de longs mois passer dans sa maison la veillée du dimanche.

— Je les aimais bien tous les deux, a-t-elle avoué à Maria, et je pense bien que c'était Zotique que j'aimais le mieux; mais il est parti faire la drave sur la rivière Saint-Maurice; il ne devait pas revenir avant l'été; alors Roméo m'a demandée et j'ai répondu oui. Je l'aime bien aussi.

Maria n'a rien dit; mais elle a songé qu'il devait y avoir des mariages différents de celui-là, et maintenant elle en est sûre. L'amitié que François Paradis a pour elle et qu'elle a pour lui, par exemple, est quelque chose d'unique, de solennel et pour ainsi dire d'inévitable, car il est impossible de concevoir comment les choses eussent pu se passer autrement, et cela va colorer et réchauffer à jamais la vie terne de tous les jours. Elle a toujours eu l'intuition confuse qu'il devait exister quelque chose de ce genre: quelque chose de pareil à l'exaltation des messes chantées, à l'ivresse d'une belle journée ensoleillée et venteuse, au grand contentement qu'apporte une aubaine ou la promesse sûre d'une riche moisson.

Dans le calme de la nuit le mugissement des chutes se rapproche et grandit; le vent du nord-ouest fait osciller un peu les cimes des épinettes et des sapins avec un grand bruissement frais qui est doux à entendre; plusieurs fois de suite, et de plus en plus loin, un hibou crie. Le froid qui précède l'aube est encore loin, et Maria se trouve parfaitement heureuse de rester assise sur le seuil et de guetter la raie de lumière rouge qui vacille, disparaît et luit de nouveau au pied du four.

Il lui semble que quelqu'un lui a chuchoté longtemps que le monde et la vie étaient des choses grises. La routine du travail journalier, coupée de plaisirs incomplets et passagers; les années qui s'écoulent, monotones, la rencontre d'un jeune homme tout pareil aux autres, dont la cour patiente et gaie finit par attendrir; le mariage, et puis une longue suite d'années presque semblables aux précédentes, dans une autre maison: c'est comme cela qu'on vit, a dit la voix. Ce n'est pas bien terrible et en tout cas il faut s'y soumettre; mais c'est uni, terne et froid comme un champ à l'automne.

Ce n'était pas vrai, tout cela, Maria secoua la tête dans l'ombre avec un sourire inconscient d'extase, et songe que ce n'était pas vrai. Lorsqu'elle pense à François Paradis, à son aspect, à sa présence, à ce qu'ils sont et seront l'un pour l'autre, elle et lui, quelque chose frissonne et brûle tout à la fois en elle. Toute sa forte jeunesse, sa patience et sa simplicité sont venues aboutir à cela: à ce jaillissement d'espoir et de désir, à cette prescience d'un contentement miraculeux qui vient.

À la base du four la raie de lumière rouge vacille et s'affaiblit.

« Le pain doit être cuit! » se dit-elle.

Mais elle ne peut se résoudre à se lever de suite, craignant de rompre ainsi le rêve heureux qui ne fait que commencer.

# VII

Septembre arriva, et la sécheresse bienvenue du temps des foins persista et devint une catastrophe. À en croire les Chapdelaine il n'y avait jamais eu de sécheresse comme celle-là, et chaque jour quelque raison nouvelle était suggérée, qui expliquait la sévérité divine.

L'avoine et le blé jaunirent avant d'avoir atteint leur croissance; le soleil incessant brûla l'herbe et les regains de trèfle, et du matin au soir les vaches affamées beuglèrent, la tête appuyée sur les clôtures. Il fallut les surveiller sans répit, car même les maigres céréales encore sur pied tentaient cruellement leur faim, et pas un jour ne s'écoulait sans que l'une d'elles ne brisât quelques pieux pour tenter de se rassasier dans le grain.

Puis le vent tourna brusquement un soir, comme épuisé par une constance si rare, et au matin la pluie tombait. Elle tomba irrégulièrement pendant une semaine, et quand elle s'arrêta et que le vent du nord-ouest recommença à souffler, l'automne était venu.

L'automne... Il semblait que le printemps ne fût que d'hier. Le grain n'était pas encore mûr, bien que jauni par la sécheresse; seuls les foins étaient en grange; toutes les autres récoltes achevaient seulement d'extraire leur substance du sol chauffé par le trop court été, et déjà l'automne était là, annonçant le retour de l'inexorable hiver, le froid, bientôt la neige...

Alternant avec les jours de pluie vinrent encore de beaux jours clairs et chauds vers le midi, où l'on pouvait croire que rien n'était changé: la moisson encore sur pied, le décor éternel des bois d'épinettes et de sapins, et toujours les mêmes couchants mauve et gris, orange et mauve, les mêmes cieux pâles au-dessus de la campagne sombre... Seulement l'herbe commença à se montrer, au matin, blanche de givre, et presque de suite les premières gelées sèches vinrent, qui brûlèrent et noircirent les feuilles des plants de pommes de terre.

Puis la première pellicule de glace fit son apparition sur un abreuvoir; fondue à la chaleur de l'après-midi, elle revint quelques jours plus tard, et une troisième fois la même semaine. Les sautes de vent incessantes continuaient bien à faire alterner les journées tièdes de pluie avec ces matins de gel; mais chaque fois que le nord-ouest reprenait il était un peu plus froid, cousin un peu plus proche des souffles glacés de l'hiver. Partout l'automne est mélancolique, chargé du regret de ce qui s'en va et de la menace de ce qui s'en vient; mais sur le sol canadien, il est plus mélancolique et plus émouvant qu'ailleurs, et pareil à la mort d'un être humain que les dieux rappellent trop tôt, sans lui donner sa juste part de vie.

À travers le froid qui venait, les premières gelées, les menaces de neige, l'on retardait pourtant et l'on remettait de jour en jour la moisson, par un calcul qui ressemblait à une charité, pour permettre au pauvre grain de dérober encore un peu de force aux sucs de la terre et au tiède soleil. Il fallut moissonner pourtant, car octobre venait. L'avoine et le blé furent coupés et mis en grange sous un ciel clair, sans éclat, au temps où les feuilles des bouleaux et des trembles commençaient à jaunir.

La récolte de grain fut médiocre; mais les foins avaient été beaux, de sorte que l'année dans son ensemble ne méritait ni transports de joie ni doléances. Et pourtant les Chapdelaine ne cessèrent de déplorer longtemps encore, dans leurs conversations du soir, et la sécheresse sans précédent d'août et les gelées sans précédent de septembre, qui avaient trahi leurs espoirs. Contre l'avarice du trop court été et les autres rigueurs d'un climat sans indulgence ils n'avaient aucune révolte, même pas d'amertume; seulement ils comparaient toujours dans leur esprit la saison écoulée à quelque autre saison miraculeuse dont leur illusion faisait la règle; et c'est ce qui mettait constamment sur leurs lèvres cette éternelle lamentation des paysans, si raisonnable d'apparence, mais qui revient tous les ans, tous les ans...

— Si seulement ç'avait été une année ordinaire!

# VIII


Un matin d'octobre, Maria vit en se levant la première neige descendre du ciel en innombrables flocons paresseux. Le sol était blanc, les arbres poudrés,
et il semblait bien que l'automne fût déjà fini, au
temps où il ne fait que commencer ailleurs.

Mais Edwige Légaré prononça d'un air sentencieux:

— Après la première neige on a encore un mois
avant l'hivernement. J'ai toujours entendu les vieux
dire ça, et je pense de même.

Il avait raison; car deux jours plus tard une pluie fit
fondre la neige et la terre brune se montra de nouveau. Pourtant l'avertissement n'avait pas été perdu
et les préparatifs commencèrent: les préparatifs
annuels de défense contre les grands froids et la
neige définitive.

Avec de la terre et du sable Esdras et Da'Bé ren-
chaussèrent soigneusement la maison, formant un
remblai au pied des murs; les autres hommes s'armè-

rent de marteaux et de clous et firent aussi le tour de la maison, consolidant, bouchant les trous, réparant de leur mieux le dommage de l'année. De l'intérieur, les femmes poussèrent des chiffons dans les interstices, collèrent sur le lambris intérieur, du côté du nord-ouest, de vieux journaux rapportés des villages et soigneusement gardés, promenèrent leurs mains dans tous les angles à la recherche des courants d'air.

Cela fait, il restait encore à ramasser la provision de bois de l'hiver. De l'autre côté de la clôture des champs, à la lisière de la forêt, les chicots secs abondaient encore. Esdras et Légaré prirent leur hache et bûchèrent pendant trois jours; puis les troncs furent mis en tas, pour attendre qu'une nouvelle chute de neige permît de les charger sur le grand traîneau à bois.

Tout au long d'octobre les jours de gel et les jours de pluie alternèrent, cependant que la forêt devenait d'une beauté miraculeuse. À cinq cents pas de la maison des Chapdelaine la berge de la rivière Péribonka descendait à pic vers l'eau rapide et les blocs de pierre qui précédaient la chute, et de l'autre côté du courant la berge opposée montait comme un amphithéâtre de rocher en coteau, de coteau en colline, mais comme un amphithéâtre qui se prolongeait sans fin vers le nord. Du feuillage des bouleaux, des trembles, des aulnes, des merisiers semés sur les pentes, octobre vint faire des taches jaunes et rouges de mille nuances. Pour quelques semaines le brun de la mousse, le vert inchangeable des sapins et des cyprès ne furent plus qu'un fond et servirent seulement à faire ressortir les teintes émouvantes de cette autre végétation qui renaît avec chaque printemps et meurt avec chaque automne. La splendeur de cette agonie s'étendait sur la pente des collines comme sur une bande sans fin qui suivait l'eau, s'en allant, toujours aussi belle, aussi riche de couleurs vives et tendres, aussi émouvante, vers les régions lointaines du Nord où nul oeil humain ne se posait sur elle.

Mais voici que du nord vint bientôt un grand vent froid qui ressemblait à une condamnation définitive, à la fin cruelle d'un sursis, et présentement les pauvres feuilles jaunes, brunes et rouges, secouées trop durement, jonchèrent le sol; la neige les recouvrit et le sol blanchi ne connut plus comme parure que le vert immuable des arbres sombres, qui triomphèrent, pareils à des femmes emplies d'une sagesse amère, qui auraient échangé pour une vie éternelle leur droit à la beauté.

En novembre, Esdras, Da'Bé et Edwige Légaré repartirent pour les chantiers. Le père Chapdelaine et Tit'Bé attelèrent Charles-Eugène au grand traîneau à bois et charroyèrent laborieusement les troncs coupés qui furent empilés de nouveau près de la maison; quand cela fut fait, les deux hommes prirent le godendard et scièrent, scièrent, scièrent du matin au soir; puis les haches eurent leur tour et fendirent les bûches selon leur taille. Il ne restait plus qu'à corder le bois fendu dans le hangar accoté à la maison, à l'abri des grandes neiges, en piles imposantes où se mêlaient le cyprès gommeux qui flambe de suite avec une grande flamme chaude, l'épinette et le merisier qui brûlent régulièrement et font un feu soutenu, et le bouleau au grain serré et poli comme du marbre, qui ne se consume que lentement et montre encore des braises rouges à l'aube d'une longue nuit d'hiver.

L'époque où l'on empile le bois est aussi celle où l'on « fait boucherie »: après la défense contre le froid, la défense contre la faim. Les quartiers de lard s'entassèrent dans le saloir; à la poutre du hangar se balança la moitié d'une belle génisse grasse — l'autre moitié avait été vendue à des habitants de Honfleur — que le froid devait conserver fraîche jusqu'au printemps; des sacs de farine furent rangés dans un coin de la maison, et Tit'Bé prit un rouleau de fil de laiton et commença à confectionner des collets pour tendre aux lièvres.

Une sorte d'indolence avait succédé à la grande hâte de l'été, parce que l'été est terriblement court et qu'il importe de ne pas perdre une heure des précieuses semaines pendant lesquelles on peut travailler la terre, au lieu que l'hiver est long, et n'offre que trop de temps pour ses besognes.

La maison devint le centre du monde, et en vérité la seule parcelle du monde où l'on pût vivre, et plus que jamais le grand poêle de fonte fut le centre de la maison. À chaque instant, quelque membre de la famille allait sous l'escalier chercher deux ou trois bûches, de cyprès le matin, d'épinette dans la journée, de bouleau le soir, et les poussait sur les braises encore ardentes. Lorsque la chaleur semblait diminuer, la mère Chapdelaine disait d'un ton inquiet:

— Ne laissez pas amortir le feu, les enfants!

Et Maria, Tit'Bé ou Télesphore ouvrait la petite porte du foyer, jetait un coup d'oeil et s'en allait vers la pile de bois sans tarder.

Au matin Tit'Bé sautait à bas de son lit longtemps avant le jour pour aller voir si les gros morceaux de bouleau avaient rempli leur office et brûlé toute la nuit; si par malheur le feu était amorti, il le rallumait aussitôt avec de l'écorce de bouleau et des branches de cyprès, entassait de grosses bûches sur la première flamme, et retournait en courant s'enfoncer sous les couvertures de laine brune et de catalogne pour attendre que la bonne chaleur eût de nouveau rempli la maison.

Dehors, le bois voisin et même les champs conquis sur le bois n'étaient plus qu'un monde étranger, hostile, que l'on surveillait avec curiosité par les petites fenêtres carrées. Parfois il était, ce monde, d'une beauté curieuse, glacée et comme immobile, faite d'un ciel très bleu et d'un soleil éclatant sous lequel scintillait la neige; mais la pureté égale du bleu et du blanc était également cruelle et laissait deviner le froid meurtrier.

D'autres jours le temps s'adoucissait et la neige tombait dru, cachant tout, et le sol, et les broussailles qu'elle couvrait peu à peu, et la ligne sombre du bois qui disparaissait derrière le rideau des flocons serrés. Puis le lendemain le ciel était clair de nouveau; mais le vent du nord-ouest soufflait, terrible. La neige soulevée en poudre traversait les brûlés et les clairières par rafales et venait s'amonceler derrière tous les obstacles qui coupaient le vent. Au sud-est de la maison elle laissait un gigantesque cône, ou bien formait entre la maison et l'étable des talus hauts de cinq pieds qu'il fallait attaquer à la pelle pour frayer un chemin; au lieu que du côté d'où venait le vent le sol était gratté, mis à nu par sa grande haleine incessante.

Ces jours-là les hommes ne sortaient guère que pour aller soigner les animaux, et rentraient en courant, la peau râpée par le froid, humide des cristaux de neige qui fondaient à la chaleur de la maison. Le père Chapdelaine arrachait les glaçons formés sur sa moustache, retirait lentement son capot doublé en peau de mouton, et s'installait près du poêle avec un soupir d'aise.

— La pompe ne gèle pas? demandait-il. Y a-t-il bien du bois dans la maison?

Il s'assurait que la frêle forteresse de bois était pourvue d'eau, de bois et de vivres et s'abandonnait alors à la mollesse de l'hivernement, fumant d'innombrables pipes, pendant que les femmes préparaient le repas du soir. Le froid faisait craquer les clous dans les murs de planches avec des détonations pareilles à des coups de fusil; le poêle bourré de merisier ronflait; au dehors le vent sifflait et hurlait comme la rumeur d'une horde assiégeante.

— Il doit faire méchant dans le bois! songeait Maria.

Et elle s'aperçut qu'elle avait parlé tout haut.

— Dans le bois, il fait moins méchant qu'icitte, répondit son père. Là où les arbres sont pas mal drus on ne sent pas le vent. Je te dis qu'Esdras et Da'Bé n'ont pas de misère.

— Non?

Ce n'était pas à Esdras ni à Da'Bé qu'elle avait songé d'abord.

## IX

Depuis la venue de l'hiver, l'on avait souvent parlé chez les Chapdelaine des fêtes, et voici que les fêtes approchaient.

— Je suis à me demander si nous aurons de la visite pour le jour de l'an, fit un soir la mère Chapdelaine.

Elle passa en revue tous les parents ou amis susceptibles de venir.

— Azalma Larouche ne reste pas loin, elle; mais elle est trop paresseuse. Ceux de Saint-Prime ne voudront pas faire le voyage. Peut-être que Wilfrid ou Ferdinand viendront de Saint-Gédéon si la glace est belle sur le lac...

Un soupir révéla qu'elle songeait encore à l'animation des vieilles paroisses au temps des fêtes, aux repas de famille, aux visites inattendues des parents qui arrivent en traîneau d'un autre village, ensevelis sous les couvertures et les fourrures, derrière un cheval au poil blanc de givre.

Maria songeait à autre chose.

— Si les chemins sont aussi méchants que l'an dernier, dit-elle, on ne pourra pas aller à la messe de minuit. Pourtant j'aurais bien aimé, cette fois, et son père m'avait promis...

Par la petite fenêtre, elle regardait le ciel gris, et s'attristait d'avance. Aller à la messe de minuit, c'est l'ambition naturelle et le grand désir de tous les paysans canadiens, même de ceux qui demeurent le plus loin des villages. Tout ce qu'ils ont bravé pour venir: le froid, la nuit dans le bois, les mauvais chemins et les grandes distances, ajoute à la solennité et au mystère; l'anniversaire de la naissance de Jésus devient pour eux plus qu'une date ou un rite: la rédemption renouvelée, une raison de grande joie, et l'église de bois s'emplit de ferveur simple et d'une atmosphère prodigieuse de miracle. Or plus que jamais, cette année-là, Maria désirait aller à la messe de minuit, après tant de semaines loin des maisons et des églises; il lui semblait qu'elle aurait plusieurs faveurs à demander, qui seraient sûrement accordées si elle pouvait prier devant l'autel, au milieu des chants.

Mais au milieu de décembre, la neige tomba avec abondance, fine et sèche comme une poudre, et trois jours avant Noël le vent du nord-ouest se leva et abolit les chemins.

Dès le lendemain de la tempête, le père Chapdelaine attela Charles-Eugène au grand traîneau et partit avec Tit-Bé, emmenant des pelles, pour tenter de fouler la route ou d'en tracer une autre. Les deux hommes revinrent à midi, épuisés, blancs de neige, disant que l'on ne pourrait passer avant plusieurs jours.

Il fallait se résigner; Maria soupira et songea à s'attirer la bienveillance divine d'une autre manière.

— C'est-il vrai, sa mère, demanda-t-elle vers le soir, qu'on obtient toujours la faveur qu'on demande quand on dit mille Ave le jour avant Noël?

— C'est vrai, répondit la mère Chapdelaine d'un air grave. Une personne qui a quelque chose à demander et qui dit ses mille Ave comme il faut avant le minuit de Noël... c'est bien rare si elle ne reçoit pas ce qu'elle demande.

La veille de Noël, le temps était froid, mais calme. Les deux hommes sortirent de bonne heure pour tenter encore de battre le chemin, sans grand espoir; mais longtemps avant leur départ et à vrai dire longtemps avant le jour, Maria avait commencé à réciter ses Ave. Réveillée de bonne heure, elle avait pris son chapelet sous son oreiller et de suite s'était mise à répéter la prière très vite, revenant des derniers mots aux premiers sans aucun arrêt et comptant à mesure sur les grains du chapelet.

Tous les autres dormaient encore; seul, Chien avait quitté sa place près du poêle en la voyant remuer et était venu s'accroupir près du lit, solennel, la tête posée sur les couvertures. Les regards de Maria se promenaient sur le long museau blanc appuyé sur la laine brune, sur les yeux humides où se lisait la simplicité pathétique des animaux, sur les oreilles tombantes au poil lisse, pendant que ses lèvres murmuraient sans fin les paroles sacrées.

« Je vous salue, Marie, pleine de grâce... »

Bientôt Tit'Bé sauta à bas de son lit pour mettre du

bois dans le poêle; par une sorte de pudeur Maria se
détourna et cacha son chapelet sous les couvertures
tout en continuant à prier. Le poêle ronfla; Chien
retourna à sa place ordinaire, et pendant une demi-
heure encore tout fut immobile dans la maison, sauf
les doigts de Maria, qui comptaient les grains de buis,
et sa bouche qui priait avec l'assiduité d'une ouvrière
à sa tâche.

Puis il fallut se lever, car le jour venait, préparer le
gruau et les crêpes pendant que les hommes allaient
à l'étable soigner les animaux, les servir quand ils
revinrent, laver la vaisselle, nettoyer la maison. Tout
en vaquant à ces besognes, Maria ne cessa pas d'élever à chaque instant un peu plus haut vers le ciel le
monument de ses Ave; mais elle ne pouvait plus se
servir de son chapelet, et il lui était difficile de compter avec exactitude. Quand la matinée fut plus avancée pourtant elle put s'asseoir près de la fenêtre, car
nul ouvrage urgent ne pressait, et poursuivre sa
tâche avec plus de méthode.

Midi: trois cents Ave déjà. Ses inquiétudes se dissi-
pèrent, car elle se sentait presque sûre maintenant
d'achever à temps. Il lui vint à l'esprit que le jeûne
serait un titre de plus à l'indulgence divine et pourrait raisonnablement transformer son espoir en certitude; elle mangea donc peu, se privant des choses
qu'elle aimait le plus.

Pendant l'après-midi elle dut travailler au maillot
de laine qu'elle voulait offrir à son père pour le jour
de l'an, et bien qu'elle continuât à murmurer sans
cesse sa prière unique, la besogne de ses doigts parut
la distraire un peu et la retarder; puis ce fut les prépa-

ratifs du souper, qui furent longs; enfin Tit-Bé vint
faire radouber ses mitaines, et pendant tout ce temps
les Ave n'avancèrent que lentement, par à-coups,
comme une procession que des obstacles sacrilèges
arrêtent.

Mais quand le soir fut venu, toute la besogne du
jour achevée, et qu'elle put retourner à sa chaise près
de la fenêtre, loin de la faible lumière de la lampe,
dans l'ombre solennelle, en face des champs parque-
tés d'un blanc glacial, elle reprit son chapelet et se
jeta dans la prière avec exaltation. Elle était heureuse
que tant d'Ave restassent à dire, puisque la difficulté
et la peine ne donnaient que plus de mérite à son
entreprise, et même elle eût souhaité pouvoir s'hu-
milier davantage et donner plus de force à sa prière
en adoptant quelque position incommode ou péni-
ble, ou par quelque mortification.

Son père et Tit-Bé fumaient, les pieds contre le
poêle; sa mère cousait des lacets neufs à de vieux
mocassins en peau d'orignal. Au dehors la lune se
leva, baignant de sa lumière froide la froideur du sol
blanc, et le ciel fut d'une pureté et d'une profondeur
émouvantes, semé d'étoiles qui ressemblaient toutes
à l'étoile miraculeuse d'autrefois.

« Vous êtes bénie entre toutes les femmes... »

À force de répéter très vite la courte prière elle
finissait par s'étourdir et s'arrêtait quelquefois, l'esprit brouillé, ne trouvant plus les mots si bien
connus. Cela ne durait qu'un instant: elle fermait les
yeux, soupirait, et la phrase qui revenait de suite à sa
mémoire et que sa bouche articulait sortait de la
ronde machinale et se détachait, reprenant tout son

sens précis et solennel.

« Vous êtes bénie entre toutes les femmes... »

Une fatigue pesa sur ses lèvres à la longue, et elle ne prononça les mots sacrés que lentement et avec plus de peine; mais les grains du chapelet continuèrent à glisser sans fin entre ses doigts, et chaque glissement envoyait l'offrande d'un Ave vers le ciel profond, où Marie pleine de grâce se penchait assurément sur son trône, écoutant la musique des prières qui montaient et se remémorant la nuit bienheureuse.

« ...Le Seigneur est avec vous... »

Les pieux des clôtures faisaient des barres noires sur le sol blanc baigné de pâle lumière; les troncs des bouleaux qui se détachaient sur la lisière du bois sombre semblaient les squelettes de créatures vivantes que le froid de la terre aurait pénétrées et frappées de mort; mais la nuit glacée était plus solennelle que terrible.

— Avec des chemins de même nous ne serons pas les seuls forcés de rester chez nous à soir, fit la mère Chapdelaine. Et pourtant y a-t-il rien de plus beau que la messe de minuit à Saint-Coeur-de-Marie, avec Yvonne Boilly à l'harmonium, et Pacifique Simard qui chante le latin si bellement!

Elle se faisait scrupule de rien dire qui pût ressembler à une plainte ou à un reproche, une nuit comme celle-là; mais malgré elle ses paroles et sa voix déploraient également leur éloignement et leur solitude.

Son mari devina ces regrets et, touché lui aussi par la ferveur du soir sacré, il commença à s'accuser lui-même.

— C'est bien vrai, Laura, que tu aurais fait une vie plus heureuse avec un autre homme que moi, qui serait resté sur une belle terre, près des villages.

— Non, Samuel; le bon Dieu fait bien tout ce qu'il fait. Je me lamente... comme de raison je me lamente. Qui est-ce qui ne se lamente pas? Mais nous n'avons pas été bien malheureux jamais, tous les deux; nous avons vécu sans trop pâtir; les garçons sont de bons garçons, vaillants, et qui nous rapportent quasiment tout ce qu'ils gagnent, et Maria est une bonne fille aussi...

Ils s'attendrissaient tous les deux en se rappelant le passé, et aussi en songeant aux cierges qui brûlaient déjà, et aux chants qui allaient s'élever bientôt, célébrant partout la naissance du Sauveur. La vie avait toujours été une et simple pour eux: le dur travail nécessaire, le bon accord entre époux, la soumission aux lois de la nature et aux lois de l'Église — toutes ces choses s'étaient fondues dans la même trame, les rites du culte et les détails de l'existence journalière tressés ensemble, de sorte qu'ils eussent été incapables de séparer l'exaltation religieuse qui les possédait d'avec leur tendresse inexprimée.

La petite Alma-Rose entendit qu'on distribuait des louanges et vint en chercher sa part.

— Moi aussi j'ai été bonne fille, eh, son père?

— Comme de raison... Comme de raison... Ce serait un gros péché d'être haïssable le jour où le petit Jésus est né!

Pour les enfants Jésus de Nazareth était toujours « le petit Jésus », l'enfantelet bouclé des images pieuses; et en vérité pour les parents aussi, c'était cela que son nom représentait le plus souvent. Non pas le Christ douloureux et profond du protestantisme, mais quelqu'un de plus familier et de moins grand: un nouveau-né dans les bras de sa mère, ou tout au plus un très petit enfant qu'on pouvait aimer sans grand effort d'esprit et même sans songer à son sacrifice futur.

— As-tu envie de te faire bercer?

— Oui.

Il prit la petite fille sur ses genoux et commença à se balancer d'avant en arrière.

— Et va-t-on chanter aussi?

— Oui.

— C'est correct; chante avec moi.

> Dans son étable,
> Que Jésus est charmant,
> Qu'il est aimable,
> Dans son abaissement...

Il avait commencé à demi-voix, pour ne pas couvrir l'autre voix grêle; mais bientôt la ferveur l'emporta et il chanta de toute sa force, les yeux au loin. Télesphore vint s'asseoir près de lui et le regarda avec adoration. Pour ces enfants élevés dans une maison solitaire, sans autres compagnons que leurs parents, Samuel Chapdelaine incarnait toute la sagesse et toute la puissance du monde, et comme il était avec eux doux et patient, toujours prêt à les prendre sur ses genoux et à chanter pour eux les cantiques ou les innombrables chansons naïves d'autrefois qu'il leur apprenait l'une après l'autre, ils l'aimaient d'une affection singulière.

> ...Tous les palais des rois
> N'ont rien de comparable
> Aux beautés que je vois
> Dans cette étable.

— Encore? C'est correct.

Cette fois la mère Chapdelaine et Tit'Bé chantèrent aussi. Maria ne put s'empêcher d'interrompre quelques instants ses prières pour regarder et écouter; mais les paroles du cantique redoublèrent son zèle et elle reprit bientôt sa tâche avec une foi plus ardente.

«Je vous salue, Marie, pleine de grâce... »

— Et maintenant? Une autre chanson: laquelle? Sans attendre une réponse il entonna:

> Trois gros navires sont arrivés,
> Chargés d'avoine, chargés de blé,
> Nous irons sur l'eau nous y prom-promener,
> Nous irons jouer dans l'île...

— Non, pas celle-là... Claire fontaine? Ah! C'est beau, ça! Nous allons tous chanter ensemble.

Il jeta un regard vers Maria; mais voyant le chapelet qui glissait sans fin entre ses doigts il s'abstint de l'interrompre.

> À la claire fontaine
> M'en allant promener,
> J'ai trouvé l'eau si belle
> Que je m'y suis baigné...
>
> Il y a longtemps que je t'aime,
> Jamais je ne t'oublierai...

L'air et les paroles également touchantes; le refrain plein d'une tristesse naïve... il n'y a pas que des coeurs simples que cette chanson-là ait attendris.

> ... Sur la plus haute branche,
> le rossignol chantait
> Chante, rossignol, chante,
> Toi qui as le coeur gai...
>
> Il y a longtemps que je t'aime,
> Jamais je ne t'oublierai...

Les grains du chapelet ne glissaient plus entre les doigts allongés. Maria ne chanta pas avec les autres; mais elle écouta, et la complainte de mélancolique amour parut émouvante et douce à son coeur un peu lassé de prière.

> ...Tu as le coeur à rire,
> Moi je l'ai à pleurer.
> J'ai perdu ma maîtresse
> Pour lui avoir mal parlé...
> Pour un bouquet de roses
> Que je lui refusai.
>
> Il y a longtemps que je t'aime,
> Jamais je ne t'oublierai...

Maria regardait par la fenêtre les champs blancs que cerclait le bois solennel; la ferveur religieuse, la montée de son amour adolescent, le son remuant des voix familières se fondaient dans son coeur en une seule émotion. En vérité, le monde était tout plein d'amour ce soir-là, d'amour profane et d'amour sacré, également simples et forts, envisagés tous deux comme des choses naturelles et nécessaires; ils étaient tout mêlés l'un à l'autre, de sorte que les prières qui appelaient la bienveillance de la divinité sur des êtres chers n'étaient guère que des moyens de manifester l'amour humain, et que les naïves com-

plaintes amoureuses étaient chantées avec la voix
grave et solennelle et l'air d'extase des invocations
surhumaines.

> ...Je voudrais que la rose
> Fût encore au rosier
> Et que le rosier même
> À la mer fût jeté.

> Il y a longtemps que je t'aime,
> Jamais je ne t'oublierai.

« Je vous salue, Marie, pleine de grâce... »

La chanson finie, Maria avait machinalement
repris ses prières avec une ferveur renouvelée, et de
nouveau les Ave s'égrenèrent.

La petite Alma-Rose, endormie sur les genoux de
son père, fut déshabillée et portée dans son lit; Télesphore la suivit; bientôt Tit'Bé à son tour s'étira, puis
remplit le poêle de bouleau vert; le père Chapdelaine
fit un dernier voyage à l'étable en rentra en courant,
disant que le froid augmentait. Tous furent couchés
bientôt, sauf Maria.

— Tu n'oublieras pas d'éteindre la lampe?

— Non, son père.

Elle l'éteignit de suite, préférant l'ombre, et revint
s'asseoir près de la fenêtre et récita ses derniers Ave.
Quand elle eut terminé, un scrupule lui vint et une
crainte de s'être peut-être trompée dans leur nombre, parce qu'elle n'avait pas toujours pu compter sur
les grains de son chapelet. Par prudence elle en dit
encore cinquante et s'arrêta alors, étourdie, lasse,
mais heureuse et pleine de confiance, comme si elle
venait de recevoir une promesse solennelle.

Au dehors le monde était tout baigné de lumière,

enveloppé de cette splendeur froide qui s'étend la nuit sur les pays de neige quand le ciel est clair et que la lune brille. L'intérieur de la maison était obscur, et il semblait que ce fussent la campagne et le bois qui s'illuminaient maintenant pour la venue de l'heure sacrée.

« Les mille Ave sont dits, songea Maria, mais je n'ai pas encore demandé de faveur... pas avec des mots. »

Il lui avait semblé que ce ne serait peut-être pas nécessaire; que la divinité comprendrait sans qu'il fût besoin d'un voeu formulé par les lèvres, surtout Marie... qui avait été femme sur cette terre. Mais au dernier moment son coeur simple conçut des craintes, et elle chercha à exprimer en paroles ce qu'elle voulait demander.

François Paradis... Assurément son souhait se rapportait à François Paradis. Vous l'aviez deviné, Marie pleine de grâce? Que pouvait-elle énoncer de ses désirs sans profanation?

Qu'il n'ait pas de misère dans le bois... Qu'il tienne ses promesses et abandonne de sacrer et de boire... Qu'il revienne au printemps...

Qu'il revienne au printemps... Elle s'arrête là, parce qu'il lui semble que lorsqu'il sera revenu, ayant tenu ses promesses, le reste de leur bonheur qui vient sera quelque chose qu'ils pourront accomplir presque seuls... presque seuls... À moins que ce ne soit un sacrilège de penser ainsi...

Qu'il revienne au printemps... Songeant à ce retour, à lui, à son beau visage brûlé de soleil qui se penchera vers le sien, Maria oublie tout le reste, et regarde longtemps sans les voir le sol couvert de neige que la lumière de la lune rend pareil à une grande plaque de quelque substance miraculeuse, un peu de nacre et presque d'ivoire, et les clôtures noires, et la lisière proche des bois redoutables.

# X

Le jour de l'an n'amena aucun visiteur. Vers le soir, la mère Chapdelaine, un peu déçue, cacha sa mélancolie sous la guise d'une gaieté exagérée.

— Quand même il ne viendrait personne, dit-elle, ce n'est pas une raison pour nous laisser pâtir. Nous allons faire de la tire.

Les enfants poussèrent des cris de joie et suivirent des yeux les préparatifs avec un intérêt passionné. Du sirop de sucre et de la cassonade furent mélangés et mis à cuire; quand la cuisson fut suffisamment avancée, Télesphore rapporta du dehors un grand plat d'étain rempli de belle neige blanche. Tout le monde se rassembla autour de la table, pendant que la mère Chapdelaine laissait tomber le sirop en ébullition goutte à goutte sur la neige, où il se figeait à mesure en éclaboussures sucrées, délicieusement froides.

Chacun fut servi à son tour, les grandes personnes imitant plaisamment l'avidité gourmande des petits; mais la distribution fut arrêtée bientôt, sagement, afin de réserver un bon accueil à la vraie tire, dont la confection ne faisait que commencer. Car il fallait parachever la cuisson et, une fois la pâte prête, l'étirer longuement pendant qu'elle durcissait. Les fortes mains grasses de la mère Chapdelaine manièrent cinq minutes durant l'écheveau succulent qu'elles allongeaient et repliaient sans cesse; peu à peu leur mouvement se fit plus lent, puis une dernière fois la pâte fut étirée à la grosseur du doigt et coupée avec des ciseaux à grand effort, car elle était déjà dure. La tire était faite.

Les enfants en mâchaient déjà les premiers morceaux quand des coups furent frappés à la porte.

— Eutrope Gagnon, fit le père. Je me disais aussi que ce serait bien rare s'il ne venait pas veiller avec nous à soir.

C'était Eutrope Gagnon, en effet. Il entra, souhaita le bonsoir à tout le monde, posa son casque de laine sur la table... Maria le regardait, une rougeur aux joues. La coutume veut que le jour de l'an les garçons embrassent les filles, et Maria savait fort bien qu'Eutrope, malgré sa timidité, allait se prévaloir de cet usage; elle restait immobile près de la table et attendait, sans ennui, mais pensant à cet autre baiser qu'elle aurait aimé recevoir.

Pourtant le jeune homme prit la chaise qu'on lui offrait et s'assit, les yeux à terre.

— C'est toi toute la visite que nous avons eue aujourd'hui, dit le père Chapdelaine. Mais je pense bien que tu n'as vu personne non plus... J'étais bien certain que tu viendrais veiller.

— Comme de raison... Je n'aurais pas laissé passer le jour de l'an sans venir. Mais en plus de ça j'avais des nouvelles que je voulais vous répéter.

— Ah!

Sous les regards d'interrogation convergeant sur lui, il continuait à baisser les yeux.

—- À voir ta face, je calcule que ce sont des nouvelles de malchance.

— Ouais.

La mère Chapdelaine se leva à moitié avec un geste de crainte.

— Ça serait-il les garçons?

— Non, madame Chapdelaine. Esdras et Da'Bé sont bien, si le bon Dieu le veut. Les nouvelles que je parle ne viennent pas de ce bord-là; ça n'est pas un parent à vous, mais un garçon que vous connaissez.

Il hésita un instant et prononça le nom à voix basse:

— François Paradis...

Son regard se leva un instant sur Maria, pour se détourner aussitôt; mais elle ne remarqua même pas ce coup d'oeil chargé d'honnête sympathie. Un grand silence s'était appesanti non seulement dans la maison, mais sur l'univers entier; toutes les créatures vivantes et toutes les choses restaient muettes et attendaient anxieusement cette nouvelle qui était d'une si terrible importance, puisqu'elle touchait le seul homme au monde qui comptât vraiment.

— Voilà comment ça s'est passé... Vous avez peut-être eu connaissance qu'il était foreman dans un chantier en haut de La Tuque, sur la rivière Vermillon. Quand le milieu de décembre est venu, il a dit tout à coup au boss qu'il allait partir pour venir passer les fêtes au lac Saint-Jean, icitte... Le boss ne voulait pas, comme de raison; quand les hommes se mettent à prendre des congés de dix à quinze jours en plein milieu de l'hiver, autant vaudrait casser le chantier de suite. Il ne voulait pas et il le lui a bien dit; mais vous connaissiez François: c'était un garçon malaisé à commander, quand il avait une chose en tête. Il a répondu qu'il avait dans son coeur d'aller au grand lac pour les fêtes et qu'il irait. Alors le boss l'a laissé faire, par peur de le perdre, vu que c'était un homme capable hors de l'ordinaire, et accoutumé dans le bois...

Il parlait avec une facilité singulière, lentement, mais sans chercher ses mots, comme s'il avait tout préparé d'avance. Maria songea tout à coup, au milieu de son angoisse: « François a voulu venir ici pour les fêtes... me voir... » et une joie fugitive effleura son coeur comme une hirondelle rase l'eau.

— Le chantier n'était pas bien loin dans le bois, seulement à deux jours de voyage du Transcontinental, qui descend sur La Tuque; mais ça s'adonnait qu'il y avait eu un accident à la track qui n'était pas encore réparée, et les chars ne passaient pas. J'ai eu connaissance de tout ça par Johnny Niquette, de Saint-Henri, qui est arrivé de La Tuque il y a deux jours passés.

— Ouais?

— Quand François Paradis a su qu'il ne pourrait pas prendre les chars, il a fait une risée et dit comme ça que tant qu'à marcher il marcherait tout le chemin, et qu'il allait gagner le grand lac en suivant les rivières, la rivière Croche d'abord, et puis la rivière Ouatchouan, qui tombe près de Roberval.

— C'est correct, dit le père Chapdelaine. Ça peut se faire. J'ai passé par là.

— Pas dans cette saison icitte, monsieur Chapdelaine, sûrement pas dans cette saison icitte. Tout le monde là-bas a dit à François que ça n'avait pas de bon sens de vouloir faire ce voyage-là en plein hiver, au temps des fêtes, avec le froid qu'il faisait, peut-être bien quatre pieds de neige dans le bois, et seul. Mais il n'a fait que rire d'eux et leur dire qu'il était accoutumé dans le bois, qu'un peu de misère ne lui faisait pas peur, parce qu'il était décidé d'aller en haut du lac pour les fêtes, et que là où les sauvages passaient lui passerait bien. Seulement — vous connaissez bien ça, monsieur Chapdelaine — quand les sauvages font ce voyage-là, c'est plusieurs ensemble, et avec des chiens. François est parti seul, à raquette, avec ses couvertes et des provisions sur une petite traîne...

Personne n'avait dit un mot pour le hâter ou l'interrompre; on l'écoutait comme on écoute quelqu'un qui conte une histoire, quand le dénouement approche, visible, mais inconnu, pareil à un homme qui vient en se cachant la figure.

— ...Vous vous rappelez bien le temps qu'il a fait la semaine avant Noël: il est tombé de la neige en masse, et puis le norouâ a pris. Ça s'est adonné que pendant la tempête François Paradis était dans les grands brûlés, où la petite neige poudre terriblement et fait des falaises. Dans des places comme celles-là, même un homme capable n'a pas grande chance quand il fait ben fret et que la tempête dure. Et si vous vous rappelez, le norouâ a soufflé trois jours de suite, dur à vous couper la face...

— Oui. Eh bien?

Le monologue qu'il avait préparé n'allait pas plus loin sans doute, ou bien il hésitait à prononcer les paroles nécessaires, car il ne répondit qu'après quelques instants de silence, à voix basse:

— Il s'est écarté...

Des gens qui ont passé toute leur vie à la lisière des bois canadiens savent ce que cela veut dire. Les garçons téméraires que la malchance atteint dans la forêt et qui se trouvent écartés — perdus — ne reviennent guère. Parfois une expédition trouve et rapporte leurs corps, au printemps, après la fonte des neiges... Le mot lui-même, au pays de Québec et surtout dans les régions lointaines du Nord, a pris un sens sinistre et singulier, où se révèle le danger qu'il y a à perdre le sens de l'orientation, seulement pour un jour, dans ces bois sans limites.

— ... Il s'est écarté... La tempête l'a surpris dans les brûlés et il s'est arrêté un jour; on sait ça à cause que des sauvages ont trouvé l'abri en branches de sapin qu'il s'était fait, et ils ont vu aussi ses pistes. Il est reparti parce qu'il n'avait guère de provisions et qu'il avait hâte d'arriver, je pense; mais le temps était encore méchant, la neige tombait, le norouâ soufflait dur, et probablement qu'il ne pouvait pas voir le soleil ni marquer son chemin, car les sauvages ont dit que ses pistes s'éloignaient de la rivière Croche, qu'il avait suivie, et s'en allaient dret vers le nord.

Personne ne parlait encore, ni les deux hommes, qui écoutaient en hochant parfois la tête, comprenant tous les détails de la tragique aventure; ni la mère Chapdelaine, dont les mains s'étaient jointes sur ses genoux comme pour une imploration tardive; ni Maria.

— Quand on a su ça, des hommes d'Ouatchouan sont partis, après que le temps s'était adouci un peu. Mais la neige avait couvert toutes les pistes et ils sont revenus en disant qu'ils n'avaient rien vu, voilà trois jours passés. Il s'est écarté...

Tous se redressèrent, avec des soupirs; l'histoire était terminée et en vérité il ne restait plus rien à dire. Le sort de François Paradis était aussi lugubrement certain que s'il avait été enterré dans le cimetière de Saint-Michel-de-Mistassini, au milieu des chants, avec la bénédiction des prêtres.

Un lourd silence pesa sur la maisonnée. Le père Chapdelaine se pencha en avant, les coudes sur ses genoux, cognant machinalement une de ses mains fermées contre l'autre, avec une moue grave.

— Ça montre que nous ne sommes que de petits enfants dans la main du bon Dieu, fit-il. François était un des meilleurs hommes de par icitte pour vivre dans le bois et trouver son chemin; des étrangers l'engageaient comme guide et il les ramenait toujours chez eux sans malchance. Et voilà qu'il s'est écarté. Nous ne sommes que de petits enfants... Il y en a qui se croient pas mal forts et qui pensent qu'ils peuvent se passer de l'aide du bon Dieu quand ils sont dans leur maison ou sur leur terre; mais dans le bois...

Il secoua la tête, et répéta encore d'une voix grave:

— Nous ne sommes que des petits enfants.

— Ç'était un bon homme, dit Eutrope Gagnon, un vrai bon homme, fort, et vaillant, et sans malice.

— Comme de raison. Je ne veux pas dire que le bon Dieu avait des raisons pour le faire mourir, lui plutôt qu'un autre. C'était un bon garçon, un travaillant, et je l'aimais bien. Mais ça vous montre...

— Personne n'a jamais rien eu contre lui, reprit Eutrope avec une sorte de généreux entêtement. C'était un homme rare pour l'ouvrage, pas peureux de rien, et serviable, avec ça. Tous ceux qui l'ont connu avaient de l'amitié pour lui. C'était un homme dépareillé.

Il leva les yeux sur Maria et répéta avec force:

— C'était un bon homme, un homme dépareillé.

— Quand nous étions à Mistassini, dit la mère Chapdelaine, voilà de ça sept ans, ça n'était encore qu'une jeunesse, mais fort et adroit pas mal, déjà aussi grand comme il est là... je veux dire comme il était... l'été dernier, quand il est venu icitte. Et toujours de bonne humeur, avec ça. C'était difficile de ne pas l'aimer.

Ils regardaient droit devant eux en parlant, et cependant tout ce qu'ils disaient semblait s'adresser à Maria, comme si son secret d'amour avait été naïvement visible. Mais elle ne dit rien ni ne bougea, les yeux fixés sur la vitre de la petite fenêtre que le gel rendait pourtant opaque comme un mur.

Eutrope Gagnon s'en alla bientôt; les Chapdelaine, restés seuls, furent longtemps sans parler. Enfin le père dit d'une voix hésitante:

— François Paradis n'avait quasiment pas de famille; alors comme nous avions tous de l'amitié pour lui, on pourrait peut-être faire dire une messe ou deux... Eh, Laura?

— Sûrement. Trois grand'messes avec chant; et quand les garçons reviendront du bois, en bonne santé s'il plaît au bon Dieu, trois autres pour le repos de son âme, pauvre garçon! Et tous les dimanches, nous dirons un chapelet pour lui.

— Il était comme tous les autres, reprit le père Chapdelaine, pas parfait, comme de raison; mais sans malice et propre dans sa vie. Le bon Dieu et la sainte Vierge auront pitié de lui.

Encore le silence. Maria sentait bien que c'était pour elle qu'ils disaient cela, parce qu'ils avaient deviné son chagrin et cherchaient à l'adoucir; mais elle ne pouvait parler, ni pour louer le mort, ni pour se plaindre. Une main s'était glissée dans sa gorge, l'étouffant, dès que le dénouement du récit tragique était devenu clair pour elle, et maintenant cette main avait pénétré jusqu'en sa poitrine et lui serrait durement le coeur. Les élancements et la douleur déchirante viendraient plus tard peut-être; mais pour le moment ce n'était encore que cela: la poigne cruelle de cinq doigts fermés sur son coeur.

D'autres paroles furent prononcées, qu'elle n'entendit guère; puis ce fut le remue-ménage ordinaire du soir: les préparatifs du coucher, le père Chapdelaine sortant pour aller faire une dernière visite à l'étable et rentrant dans la maison très vite, la peau rougie par le froid, fermant en hâte derrière lui la porte par où une colonne de buée froide s'engouffrait.

— Viens, Maria.

Sa mère l'appelait très doucement, en lui posant une main sur l'épaule. Elle se leva et alla s'agenouiller avec les autres pour la prière. Pendant dix minutes, les voix se répondirent, étouffées et monotones, murmurant les paroles sacrées. Quand ils furent arrivés à la fin du chapelet, la mère Chapdelaine murmura:

— Encore cinq Pater et cinq Ave pour le repos de ceux qui ont eu de la malchance dans le bois...

Et les voix s'élevèrent de nouveau, un peu plus étouffées encore qu'auparavant, avec parfois un frémissement qui ressemblait à un sanglot.

Lorsqu'elles se turent et que tous se relevèrent après le dernier signe de croix, Maria se détourna de suite et retourna près de la fenêtre. Le gel avait fait des vitres autant de plaques de verre dépoli, opaques, qui abolissaient le monde du dehors; mais Maria ne les vit même pas, parce que les larmes avaient commencé à monter en elle et l'aveuglaient. Elle resta là quelques instants, immobile, les bras pendants, dans une attitude d'abandon pathétique; puis son chagrin tout à coup se fit plus poignant et l'étourdit; machinalement elle ouvrit la porte et sortit sur les marches du perron de bois.

Vu du seuil, le monde figé dans son sommeil blanc semblait plein d'une grande sérénité; mais dès que Maria fut hors de l'abri des murs le froid descendit sur elle comme un couperet, et la lisière lointaine du bois se rapprocha soudain, sombre façade derrière laquelle cent secrets tragiques, enfouis, appelaient et se lamentaient comme des voix.

Elle se recula avec un gémissement, referma la porte et s'assit près du poêle, frissonnante. La stupeur première du choc commençait à se dissiper; son chagrin s'aiguisa et la main qui lui serrait le coeur se mit à inventer des pincements, des déchirures, vingt tortures rusées et cruelles.

Comme il a dû pâtir là-bas dans la neige! songe-t-elle, sentant encore sur son visage la morsure rapide de l'air glacé. Elle a bien entendu dire, par des hommes que le même destin a effleurés, que c'était une mort insensible et douce, au contraire, toute pareille à un assoupissement; mais elle n'arrive pas à le croire, et les souffrances que François a peut-être endurées, avant de s'abandonner sur le sol blanc, défilent dans sa pensée à elle comme une procession sinistre.

Point ne lui est besoin de voir le lieu, elle connaît assez bien l'aspect redoutable des grands bois en hiver: la neige amoncelée jusqu'aux premières branches des sapins, les buissons d'aulnes enterrés presque en entier, les bouleaux et les trembles dépouillés comme des squelettes et tremblant sous le vent glacé, le ciel pâle se révélant à travers le fouillis des aiguilles vert sombre. François Paradis s'en est allé à travers les troncs serrés, les membres raides de froid, la peau râpée par le norouâ impitoyable, déjà mordu par la faim, trébuchant de fatigue; ses pieds las n'ont plus la force de se lever assez haut et souvent ses raquettes accrochent la neige et le font tomber sur les genoux.

Sans doute dès que la tempête a cessé il a reconnu son erreur, vu qu'il marchait vers le Nord désert, et de suite il a repris le bon chemin, en garçon d'expérience qui a toujours eu le bois pour patrie. Mais ses provisions sont presque épuisées, le froid cruel le torture encore; il baisse la tête, serre les dents et se bat avec l'hiver meurtrier, faisant appel aux ressources de sa force et de son grand courage. Il songe à la route à suivre et à la distance, calcule ses chances de survivre, et par éclairs pense aussi à la maison bien close et chaude où tous seront contents de le revoir; à Maria qui saura ce qu'il a risqué pour elle et lèvera enfin sur lui ses yeux honnêtes pleins d'amour.

Peut-être est-il tombé pour la dernière fois tout près du salut, à quelques arpents seulement d'une maison ou d'un chantier — c'est souvent ainsi que cela arrive. Le froid assassin et ses acolytes se sont jetés sur lui comme sur une proie; ils ont raidi pour toujours ses membres forts, couvert de neige le beau visage franc, fermé ses yeux hardis sans pitié ni douceur, fait un bloc glacé de son corps vivant... Maria n'a plus de larmes; mais elle frissonne et tremble ainsi qu'il a dû trembler et frissonner, lui, avant que l'inconscience miséricordieuse ne vienne; et elle se serre contre le poêle avec une grimace d'horreur et de compassion comme s'il était en son pouvoir de le réchauffer aussi et de défendre sa chère vie contre les meurtriers.

Oh! Jésus-Christ, qui tendais les bras aux malheureux, pourquoi ne l'as-tu pas relevé de la neige avec tes mains pâles? Pourquoi, sainte Vierge, ne l'avez-vous pas soutenu d'un geste miraculeux quand il a trébuché pour la dernière fois? Dans toutes les légions du ciel, pourquoi ne s'est-il pas trouvé un ange pour lui montrer le chemin?

Mais c'est la douleur qui parle ainsi avec des cris de reproche, et le coeur simple de Maria craint d'avoir été impie en l'écoutant. Bientôt une autre crainte lui vient: peut-être François Paradis n'a-t-il pas su tenir assez exactement les promesses qu'il lui avait faites. Dans les chantiers, au milieu d'hommes rudes, il a peut-être eu des moments de faiblesse, blasphémé, profané les noms saints, et il s'en est allé vers la mort en état de péché, accablé du courroux divin.

Ses parents ont dit tout à l'heure qu'ils allaient faire dire des messes. Comme ils ont été bons! Ayant deviné son secret, comme ils ont su se taire! Mais elle aussi peut aider de ses prières la pauvre âme en peine. Son chapelet est resté sur la table: elle le reprend, et tout naturellement ce sont les phrases de l'Ave qui montent à ses lèvres:

«Je vous salue, Marie, pleine de grâce... »

Aviez-vous douté d'elle, mère du Galiléen? Parce qu'elle vous avait huit jours auparavant supplié par mille fois et que vous n'aviez répondu à sa prière qu'en vous figeant dans une immobilité vraiment divine pendant que s'accomplissait le destin, pensiez-vous qu'elle allait, elle, douter ou de votre pouvoir ou de votre bonté? C'eût été mal la connaître. Comme elle vous avait demandé votre protection pour un homme, voici qu'elle vous demande votre pardon pour une âme, avec les mêmes mots, la même humilité, la même foi sans limites.

«Vous êtes bénie entre toutes les femmes, et Jésus, le fruit de vos entrailles, est béni. »

Seulement elle se serre contre le grand poêle de fonte, et bien que la chaleur du feu la pénètre elle continue à frissonner en pensant au pays glacé qui l'entoure, au bois profond, à François Paradis qu'elle ne peut encore imaginer insensible, et qui doit avoir si froid dans son lit de neige.

## XI

Un soir de février le père Chapdelaine dit:

— Les chemins sont beaux. Si tu veux, Maria, nous irons à La Pipe, dimanche, pour la messe.

— C'est correct, son père.

Mais elle avait répondu cela d'un ton lassé, presque indifférent, et ses parents échangèrent un regard furtif par-dessus sa tête.

Les paysans ne meurent point des chagrins d'amour, ni n'en restent marqués tragiquement toute la vie. Ils sont trop près de la nature, et perçoivent trop clairement la hiérarchie essentielle des choses qui comptent. C'est pour cela peut-être qu'ils évitent le plus souvent les grands mots pathétiques, qu'ils disent volontiers « amitié » pour « amour », « ennui » pour « douleur », afin de conserver aux peines et aux joies du coeur leur taille relative dans l'existence à côté de ces autres soucis d'une plus sincère importance qui concernent le travail journalier, la moisson, l'aisance future.

Maria n'avait pas songé un moment que sa vie fût finie, ou que le monde dût être pour elle un douloureux désert, parce que François Paradis ne pourrait pas revenir au printemps, ni plus tard. Seulement elle était malheureuse, et tant que ce chagrin durait elle ne pouvait pas aller plus avant.

Quand le dimanche vint, le père Chapdelaine et sa fille commencèrent de bonne heure à se préparer pour le voyage de deux heures qui devait les amener à Saint-Henri-de-Taillon, où se trouvait l'église. Avant sept heures et demie Charles-Eugène était attelé; Maria, revêtue déjà de sa grande pelisse d'hiver, serrait avec soin dans son porte-monnaie la liste de commissions que lui avait donnée sa mère. Quelques minutes plus tard les grelots de l'attelage commencèrent à tinter et le reste de la famille se groupa derrière la petite fenêtre carrée pour regarder s'éloigner les voyageurs.

Pendant une heure le cheval ne put aller qu'au pas, enfonçant jusqu'aux jarrets dans la neige, car les Chapdelaine étaient seuls à passer sur ce chemin, qu'ils avaient tracé et déblayé eux-mêmes et qui n'était pas assez souvent foulé pour devenir glissant et dur. Mais quand ils eurent rejoint la route battue Charles-Eugène trotta allégrement.

Ils traversèrent Honfleur, hameau de huit maisons dispersées, puis rentrèrent dans le bois. À la longue quelques champs apparurent; des maisons s'espacèrent au bord du chemin; la lisière sombre s'éloigna peu à peu et bientôt le traîneau fut en plein village, précédé et suivi d'autres traîneaux qui s'en allaient aussi vers l'église.

Depuis le commencement de la nouvelle année, Maria était déjà venue trois fois entendre la messe à Saint-Henri-de-Taillon, que les gens du pays persistent à appeler La Pipe, comme aux jours héroïques des premiers colons. C'était pour elle, en même temps qu'un exercice de piété, presque la seule distraction possible, et son père s'était efforcé de la lui donner fréquemment, pensant que le spectacle rare du culte et la rencontre des quelques connaissances qu'ils avaient au village aideraient à secouer sa tristesse.

Cette fois, quand la messe fut terminée, au lieu de visiter des maisons amies ils allèrent au presbytère. Celui-ci était déjà rempli de paroissiens venus de fermes éloignées, car le prêtre canadien n'est pas seulement le directeur de conscience de ses ouailles, mais aussi leur conseiller en toutes matières, l'arbitre de leurs querelles, et en vérité la seule personne différente d'eux-mêmes à laquelle ils puissent avoir recours dans le doute.

Le curé de Saint-Henri satisfit tous ses consultants, certains en quelques mots rapides, au milieu de la conversation générale à laquelle lui-même prenait part jovialement; d'autres plus longuement, dans le secret de la pièce voisine. Quand le tour des Chapdelaine fut venu il regarda l'horloge.

— On va dîner d'abord, eh? fit-il, bonhomme. Vous avez dû prendre de l'appétit sur le chemin, et moi, de dire la messe, ça me donne faim sans bon sens.

Il rit de toutes ses forces, amusé plus que personne de sa plaisanterie, et précéda ses hôtes dans la salle à

manger. Un autre prêtre était là, venu d'une paroisse
voisine, et deux ou trois paysans; le repas ne fut
qu'une longue discussion agricole coupée d'histoires
comiques et de commérages sans malice; de temps en
temps un des paysans se souvenait du lieu et émettait
quelque réflexion pieuse que les prêtres accueillaient
avec des hochements de tête brefs et des « Oui! Oui! »
un peu distraits.

Enfin le dîner prit fin; quelques-uns des invités
partirent sitôt les pipes allumées. Le curé surprit un
regard du père Chapdelaine et sembla se rappeler
quelque chose; il se leva en faisant signe à Maria.

— Viens un peu par icitte, toué, fit-il.

Et il la précéda dans la pièce voisine, qui lui servait à
la fois de salle de réception et de bureau.

Il y avait un petit harmonium contre le mur; de
l'autre côté, une table qui portait des revues agricoles, un Code, quelques livres reliés en cuir noir; aux
murs, le portrait du pape Pie X, une gravure représentant la Sainte-Famille, une planche en couleurs
où voisinaient les traîneaux et les moulins à battre
d'un fabricant de Québec, et plusieurs affiches offi-
cielles contenant des recommandations sur les
incendies de forêts ou les épidémies du bétail.

— Alors il paraît que tu te tourmentes sans bon
sens, de même? dit-il assez doucement en se retour-
nant vers Maria.

Elle le regarda avec humilité, peu éloignée de
croire qu'en son pouvoir surnaturel de prêtre il avait
deviné son chagrin sans que nul ne l'en eût averti. Lui
courbait un peu sa taille démesurée et penchait vers
elle sa figure maigre de paysan; car sous sa soutane il
avait tout d'un homme de la terre: le masque jaune et

décharné, les yeux méfiants, les larges épaules osseuses. Même ses mains, dispensatrices de pardons miraculeux, étaient des mains de laboureur, aux veines gonflées sous la peau brune. Mais Maria ne voyait en lui que le prêtre, le curé de sa paroisse, clairement envoyé par Dieu pour lui expliquer la vie et lui montrer le chemin.

— Assis-toué là, fit-il en montrant une chaise.

Elle s'assit, un peu comme une écolière qu'on réprimande, un peu comme une femme qui consulte le magicien dans son antre et attend avec un mélange de confiance et d'effroi que les charmes surnaturels opèrent.

Une heure plus tard, le traîneau filait sur la neige dure. Le père Chapdelaine commençait à s'assoupir et les guides glissaient peu à peu de ses mains ouvertes.

Une fois encore il se secoua, releva la tête et reprit à pleine voix le cantique qu'il avait entonné en quittant le village :

> ... Adorons-le dans le ciel,
> Adorons-le sur l'autel...

Puis il se tut, son menton s'abaissa peu à peu sur sa poitrine et il n'y eut plus sur le chemin d'autre bruit que le tintement des grelots de l'attelage.

Maria songeait aux paroles du prêtre.

— ...S'il y avait de l'amitié entre vous, c'est bien naturel que tu aies du chagrin. Mais vous n'étiez pas fiancés, puisque tu n'en avais rien dit à tes parents, ni lui non plus ; alors de te désoler de même et de te laisser pâtir à cause d'un garçon qui ne t'était rien, après tout, ça n'est pas bien, ça n'est pas convenable...

Et encore:

— Faire dire des messes et prier pour lui, ça c'est correct, tu ne peux pas faire mieux. Trois grand-messes avec chant et trois autres quand les garçons reviendront du bois, comme ton père m'a dit, comme de raison ça lui fera du bien et tu peux penser qu'il aimera mieux ça que des lamentations, lui, puisque ça diminuera d'autant ses années de purgatoire. Mais te chagriner sans raison et faire une face à décourager toute la maison, ça n'a pas de bon sens, et le bon Dieu n'aime pas ça.

En disant cela il n'avait pas l'air d'un consolateur ou d'un conseiller discutant les raisons impondérables du coeur, mais plutôt d'un homme de loi ou d'un pharmacien énonçant prosaïquement des formules absolues, certaines.

— ...Une fille comme toi, plaisante à voir, de bonne santé et avec ça vaillante et ménagère, c'est fait pour encourager ses vieux parents, d'abord, et puis après se marier et fonder une famille chrétienne. Tu n'as pas dessein d'entrer en religion? Non. Alors tu vas abandonner de te tourmenter de même, parce que c'est un tourment profane et peu convenable, vu que ce garçon ne t'était rien. Et le bon Dieu sait ce qui est bon pour nous; il ne faut pas se révolter ni se plaindre...

Dans tout cela une seule phrase avait trouvé Maria quelque peu incrédule: l'assurance du prêtre que François Paradis, là où il se trouvait, se souciait uniquement des messes dites pour le repos de son âme, et non du regret tendre et poignant qu'il avait laissé derrière lui. Cela, elle ne pouvait arriver à le croire. Incapable de le concevoir réellement dans la mort autre qu'il n'avait été dans la vie, elle songeait au contraire qu'il devait être heureux et reconnaissant de ce grand regret qui prolongeait un peu par-delà la mort l'amour devenu inutile. Enfin, puisque le prêtre l'avait dit...

Le chemin louvoyait entre les arbres sombres fichés dans la neige; des écureuils, effrayés par le passage rapide du traîneau et le bruit des grelots tintant, gagnaient en quelques bonds le tronc des épinettes et grimpaient en s'agriffant à l'écorce. Un froid vif descendait du ciel gris sur la terre blanche et le vent brûlait la peau, car c'était février, ce qui au pays de Québec veut dire deux pleins mois d'hiver encore.

Tandis que le cheval Charles-Eugène trottait sur le chemin durci, ramenant les deux voyageurs vers leur maison solitaire, Maria, se rappelant les commandements du curé de Saint-Henri, chassa de son coeur tout regret avoué, et tout chagrin, aussi complètement que cela était en son pouvoir et avec autant de simplicité qu'elle en eût mis à repousser la tentation d'une soirée de danse, d'une fête impie ou de quelque autre action apparemment malhonnête et défendue.

Ils arrivèrent chez eux comme la nuit tombait. Le soir n'avait été qu'un lent évanouissement de la lumière; car depuis le matin le ciel était demeuré gris et le soleil invisible. De la tristesse pesait sur le sol livide; les sapins et les cyprès n'avaient pas l'air d'arbres vivants, et les bouleaux dénudés semblaient douter du printemps. Maria sortit du traîneau en frissonnant et n'accorda qu'une attention distraite aux jappements de Chien, à ses gambades, aux cris des enfants qui l'appelaient du seuil. Le monde lui paraissait curieusement vide, tout au moins pour un soir. Il ne lui restait plus d'amour et on lui défendait le regret. Elle rentra dans la maison très vite sans regarder autour d'elle, éprouvant un sentiment nouveau fait d'un peu de crainte et d'un peu de haine pour la campagne déserte, le bois sombre, le froid, la neige, toutes ces choses parmi lesquelles elle avait toujours vécu et qui l'avaient blessée.

## XII

Comme mars venait, Tit'Bé rapporta un jour de Honfleur la nouvelle qu'il y aurait le soir, chez Éphrem Surprenant, une grande veillée à laquelle ils étaient tous priés.

Il fallait bien que quelqu'un restât pour garder la maison, et comme la mère Chapdelaine émit le désir de faire le voyage pour se distraire un peu, après ces longs mois de réclusion, ce fut Tit'Bé qui resta. Honfleur, le village le plus proche de leur maison, était à huit milles de distance; mais qu'étaient huit milles à faire en traîneau sur la neige à travers les bois, comparés au plaisir d'entendre des chansons et des histoires, et de causer avec d'autres gens venus de loin?

Il y avait nombreuse compagnie chez Éphrem Surprenant: plusieurs habitants du village, d'abord, puis les trois Français qui avaient acheté la terre de son neveu Lorenzo, et enfin, à la grande surprise des Chapdelaine, Lorenzo lui-même, revenu encore une fois des États-Unis pour quelque affaire se rapportant à cette vente et à la succession de son père. Il accueillit Maria avec un empressement marqué et s'assit auprès d'elle.

Les hommes allumèrent leurs pipes; l'on causa du temps, de l'état des chemins, des nouvelles du comté; mais la conversation languissait et chacun semblait attendre. Les regards se tournaient instinctivement vers Lorenzo et les trois Français, comme si de leur présence simultanée dussent naturellement jaillir des récits merveilleux, des descriptions de contrées lointaines aux moeurs étranges. Les Français, arrivés dans le pays depuis quelques mois seulement, devaient ressentir une curiosité du même ordre, car ils écoutaient et ne parlaient guère.

Samuel Chapdelaine, qui les rencontrait pour la première fois, se crut autorisé à leur faire subir un interrogatoire, selon la candide coutume canadienne.

— Alors vous voilà rendus icitte pour travailler la terre. Comment aimez-vous le Canada?

— C'est un beau pays, neuf, vaste... Il y a bien des mouches en été et les hivers sont pénibles; mais je suppose que l'on s'y habitue à la longue.

C'était le père qui répondait, et ses deux fils hochaient la tête, les yeux à terre. Leur aspect eût suffi à les différencier des autres habitants du village; mais dès qu'ils parlaient le fossé semblait s'élargir encore et les paroles qui sortaient de leur bouche sonnaient comme des mots d'une langue étrangère. Ils n'avaient pas la lenteur de diction canadienne, ni cet accent indéfinissable qui n'est pas l'accent d'une quelconque province française, mais seulement un accent paysan, en quoi les parlers différents des émigrants d'autrefois se sont confondus. Ils employaient des expressions et des tournures de phrases que l'on n'entend point au pays de Québec, même dans les villes, et qui aux hommes simples assemblés là paraissaient recherchées et pleines de raffinement.

— Dans votre pays, avant de venir icitte, étiez-vous cultivateurs aussi?

— Non.

— Quel métier donc que vous faisiez?

Le Français hésita un instant avant de répondre, se rendant compte peut-être que ce qu'il allait dire serait étrange et difficile à comprendre.

— Moi, j'étais accordeur, fit-il enfin, ...accordeur de pianos; et mes deux fils que voilà étaient employés, Edmond dans un bureau et Pierre dans un magasin.

Employés — commis — cela c'était clair pour tout le monde; mais la profession du père restait un peu obscure dans les esprits de ceux qui l'écoutaient.

Éphrem Surprenant répéta: « Accordeur de pianos; c'était ça, c'était bien ça! » Et il regardait son voisin Conrad Néron d'un air un peu supérieur, et de défi, qui semblait dire: « Tu ne voulais pas me croire, ou bien tu ne sais pas ce que c'est; mais tu vois... »

— Accordeur de pianos... répéta à son tour Samuel Chapdelaine, pénétrant lentement le sens des mots. Et c'est-il un bon métier, ça? Gagniez-vous de bonnes gages? Pas trop bonnes, eh... Mais de même vous êtes ben instruit, vous et vos garçons; vous savez lire et écrire, et le calcul, eh? Et moi qui ne sais seulement pas lire.

— Ni moi! ajouta promptement Éphrem Surprenant.

Conrad Néron et Égide Racicot firent chorus: —
Ni moi! — Ni moi!

Et tous se mirent à rire.

Le Français eut un geste vague d'indulgence,
impliquant qu'ils pouvaient fort bien s'en passer et
qu'à lui cela ne servait guère, maintenant.

— Alors vous n'étiez pas capables de vivre
comme il faut avec vos métiers, là-bas. Oui... À cause,
donc, que vous êtes venus par icitte?

Il demandait cela sans intention d'offense, en
toute simplicité, s'étonnant qu'ils eussent abandonné pour le dur travail de la terre des besognes qui
lui semblaient si plaisantes et si faciles.

Pourquoi ils étaient venus? ...Quelques mois plus
tôt, ils auraient pu l'expliquer d'abondance, avec des
phrases jaillies du coeur: la lassitude du trottoir et du
pavé, de l'air pauvre des villes; la révolte contre la
perspective sans fin d'une existence asservie; la
parole émouvante, entendue par hasard, d'un confé-
rencier prêchant sans risque l'évangile de l'énergie et
de l'initiative, de la vie saine et libre sur le sol
fécondé. Ils auraient su dire tout cela avec chaleur,
quelques mois plus tôt...

Maintenant ils ne pouvaient guère qu'esquisser
une moue évasive et chercher laquelle de leurs illu-
sions leur restait encore.

— On n'est pas toujours heureux dans les villes,
dit le père. Tout est cher, on vit enfermé...

Cela leur avait paru si merveilleux, dans leur étroit
logement parisien, cette idée qu'au Canada ils passe-

raient presque toutes leurs journées dehors, dans l'air pur d'un pays neuf, près des grandes forêts. Ils n'avaient pas prévu les mouches noires, ni compris tout à fait ce que serait le froid de l'hiver, ni soupçonné les mille duretés d'une terre impitoyable.

— Est-ce que vous vous figuriez ça comme c'est? demanda encore Samuel Chapdelaine, le pays icitte, la vie...

— Pas tout à fait, répondit le Français à voix basse. Non, pas tout à fait...

Quelque chose passa sur son visage, qui fit dire à Éphrem Surprenant:

— Ah! C'est dur, icitte; c'est dur!

Ils firent « oui » de la tête, tous les trois, et baissèrent les yeux: trois hommes aux épaules maigres, encore pâles malgré leurs six mois passés sur la terre, qu'une chimère avait arrachés à leurs comptoirs, à leurs bureaux, à leurs tabourets de piano, à la seule vie pour laquelle ils fussent faits. Car il n'y a pas que les paysans qui puissent être des déracinés. Ils avaient commencé à comprendre leur erreur, et qu'ils étaient trop différents, pour les imiter, des Canadiens qui les entouraient, dont ils n'avaient ni la force, ni la santé endurcie, ni la rudesse nécessaire, ni l'aptitude à toutes les besognes: agriculteurs, bûcherons, charpentiers, selon la saison et selon l'heure.

Le père hochait la tête, songeur; un des fils, les coudes sur ses genoux, contemplait avec une sorte d'étonnement les callosités que le dur travail des champs avait plaquées aux paumes de ses mains frêles. Tous trois avaient l'air de tourner et de retourner dans leurs esprits le bilan mélancolique d'une faillite. Autour d'eux l'on pensait: « Lorenzo leur a vendu son bien plus qu'il ne valait; ils n'ont plus guère d'argent et les voilà mal pris; car ces gens-là ne sont pas faits pour vivre sur la terre. »

La mère Chapdelaine voulut les encourager, un peu par pitié, un peu pour l'honneur de la culture.

— Ça force un peu au commencement quand on n'est pas accoutumé, dit-elle, mais vous verrez que quand votre terre sera pas mal avancée vous ferez une belle vie.

— C'est drôle, remarqua Conrad Néron, comme chacun a du mal à se contenter. En voilà trois qui ont quitté leurs places et qui sont venus de ben loin pour s'établir icitte et cultiver; et moi je suis toujours à me dire qu'il ne doit rien y avoir de plus plaisant que d'être tranquillement assis dans un office toute la journée, la plume à l'oreille, à l'abri du froid et du gros soleil.

— Chacun a son idée, décréta Lorenzo Surprenant, impartial.

— Et ton idée à toi, ça n'était point de rester à Honfleur à suer sur les chousses, fit Racicot avec un gros rire.

— C'est vrai, et je ne m'en cache pas: ça ne m'aurait pas adonné. Ces hommes icitte ont acheté ma terre. C'est une bonne terre, personne ne peut rien dire à l'encontre; ils avaient dessein d'en acheter une et je leur ai vendu la mienne. Mais pour moi, je me trouve bien où je suis et je n'aurais pas voulu revenir.

La mère Chapdelaine secoua la tête.

— Il n'y a pas de plus belle vie que la vie d'un habitant qui a de la santé et point de dettes, dit-elle. On est libre; on n'a point de boss; on a ses animaux; quand on travaille, c'est du profit pour soi... Ah! C'est beau!

— Je les entends tous dire ça, répliqua Lorenzo. On est libre; on est son maître. Et vous avez l'air de prendre en pitié ceux qui travaillent dans les manufactures, parce qu'ils ont un boss à qui il faut obéir. Libre... sur la terre... Allons donc!

Il s'animait à mesure et parlait d'un air de défi.

— Il n'y a pas d'homme dans le monde qui soit moins libre qu'un habitant... Quand vous parlez d'hommes qui ont bien réussi, qui sont bien greés de tout ce qu'il faut sur une terre et qui ont eu plus de chance que les autres, vous dites: « Ah! Ils font une belle vie; ils sont à l'aise; ils ont de beaux animaux... »

« Ça n'est pas ça qu'il faudrait dire. La vérité, c'est que ce sont leurs animaux qui les ont. Il n'y a pas de boss dans le monde qui soit aussi cruel ni aussi stupide qu'un animal favori. Quasiment tous les jours ils vous causent de la peine ou ils vous font du mal. C'est un cheval apeuré de rien qui s'écarte ou qui envoie les pieds; c'est une vache pourtant douce, tourmentée par les mouches, qui se met à marcher pendant qu'on la tire et qui vous écrase deux orteils. Et même quand ils ne vous blessent pas par aventure, il s'en trouve toujours pour gâter votre vie et vous donner du tourment...

« Je sais ce que c'est: j'ai été élevé sur une terre; et vous, vous êtes quasiment tous habitants et vous le savez aussi. On a travaillé fort tout l'avant-midi; on rentre à la maison pour dîner et prendre un peu de repos. Et puis avant qu'on soit assis à table, voilà un

enfant qui crie: « Les vaches ont sauté la clôture... »
ou bien: « Les moutons sont dans le grain... » Et tout
le monde se lève et part à courir, en pensant à
l'avoine ou à l'orge qu'on a eu tant de mal à faire
pousser et que ces pauvres fous d'animaux gaspil-
lent. Les hommes galopent, brandissent des bâtons,
s'essoufflent; les femmes sortent dans la cour et
crient. Et puis quand on a réussi à remettre les vaches
ou les moutons au clos et à relever les clôtures de
pieux, et qu'on rentre, bien resté, on trouve la soupe
aux pois refroidie et pleine de mouches, le lard sous la
table, grugé par les chiens et les chats, et l'on mange
n'importe quoi, en hâte, avec la peur du nouveau tour
que les pauvres brutes sont peut-être à préparer
encore.

« Vous êtes les serviteurs de vos animaux: voilà ce
que vous êtes. Vous les soignez; vous les nettoyez;
vous ramassez leur fumier comme les pauvres
ramassent les miettes des riches. Et c'est vous qui les
faites vivre à force de travail, parce que la terre est
avare et l'été trop court. C'est comme cela et il n'y a
pas moyen que cela change, puisque vous ne pouvez
pas vous passer d'eux; sans animaux on ne peut pas
vivre sur la terre. Mais quand bien même on pourrait... quand bien même on pourrait... Vous auriez
encore d'autres maîtres: l'été qui commence trop
tard et qui finit trop tôt, l'hiver qui mange sept mois de
l'année sans profit, la sécheresse et la pluie qui viennent toujours mal à point...

« Dans les villes on se moque de ces choses-là;
mais ici vous n'avez pas de défense contre elles et elles
vous font du mal; sans compter le grand froid, les

mauvais chemins, et de vivre seuls, loin de tout, sans plaisirs. C'est de la misère, de la misère, de la misère du commencement à la fin. On dit souvent qu'il n'y a pour bien réussir sur la terre que ceux qui sont nés et qui ont été élevés sur la terre; comme de raison... Les autres, ceux qui ont habité les villes, pas de danger qu'ils soient assez simples pour se contenter d'une vie de même! »

Il parlait avec chaleur, et d'abondance, en citadin qui cause chaque jour avec ses semblables, lit les journaux, entend les orateurs de carrefour. Ceux qui l'écoutaient, étant d'une race sensible à la force des paroles, se sentaient entraînés par ses critiques et ses plaintes, et la dureté réelle de leur vie leur apparaissait d'une façon nouvelle et saisissante qui les surprenait eux-mêmes.

La mère Chapdelaine pourtant secouait encore la tête.

— Ne me dites pas ça; il n'y a pas de plus belle vie que celle d'un habitant qui a une bonne terre.

— Pas dans ce pays-ci, madame Chapdelaine. Vous êtes trop loin vers le nord; l'été est trop court; le grain n'a pas eu le temps de pousser que déjà les froids arrivent. Quand je remonte par icitte à chaque voyage, venant des États, et que je vois les petites maisons de planches perdues dans le pays, si loin les unes des autres, et qui ont l'air d'avoir peur, et le bois qui commence et qui vous cerne de tous les côtés... Batêche! Je me sens tout découragé pour vous autres, moi qui n'y habite plus, et j'en suis à me demander comment ça se fait que tous les gens d'icitte ne sont pas partis voilà longtemps pour s'en aller dans des places moins dures, où on trouve tout ce qu'il faut pour faire une belle vie, et où on peut sortir l'hiver et aller se promener sans avoir peur de mourir...

Sans avoir peur de mourir... Maria frissonna tout à coup et songea aux secrets sinistres que cache la forêt verte et blanche. C'était bien vrai ce que disait là Lorenzo Surprenant; c'était un pays sans pitié et sans douceur. Toute l'inimitié menaçante du dehors, le froid, la neige profonde, la solitude semblèrent entrer soudain dans la maison et s'asseoir autour du poêle comme un essaim de mauvaises fées, avec des ricanements prophétiques de malchance ou des silences plus terribles encore.

« Te souviens-tu des beaux garçons aimés que nous avons tués et cachés dans le bois, ma sœur? Leurs âmes ont pu nous échapper; mais leurs corps, leurs corps, leurs corps... personne ne nous les reprendra jamais... »

Le bruit du vent aux angles de la maison ressemble à un rire lugubre, et il semble à Maria que tous ceux qui sont réunis là entre les murs de planches courbent l'échine et parlent bas, comme des gens dont la vie est menacée, et qui craignent.

Sur tout le reste de la veillée un peu de tristesse pesa, tout au moins pour elle. Racicot raconta des histoires de chasse, des histoires d'ours pris au piège, qui se démenaient et grondaient si férocement à la vue du trappeur que celui-ci tremblait et perdait le courage, et puis qui s'abandonnaient tout à coup quand ils voyaient les chasseurs revenir en nombre et les fusils meurtriers braqués sur eux; qui s'abandonnaient, se cachaient la tête entre leurs pattes et se lamentaient avec des cris et des gémissements presque humains, déchirants et pitoyables.

Après les histoires de chasse vinrent des histoires de revenants et d'apparitions; des récits de visions terrifiantes ou d'avertissements prodigieux reçus par des hommes qui avaient blasphémé ou mal parlé des prêtres. Et après cela, comme personne ne consentait à chanter, l'on joua aux cartes; la conversation descendit à des sujets moins émouvants, et le seul souvenir que Maria emporta avec elle de ce qui fut dit alors, quand le traîneau la ramena avec ses parents vers leur maison, à travers les bois enténébrés, fut celui de Lorenzo Surprenant parlant des États-Unis et de la vie magnifique des grandes cités, de la vie plaisante, sûre, et des belles rues droites, inondées de lumière le soir, pareilles à de merveilleux spectacles sans fin.

Avant le départ Lorenzo lui avait dit à demi-voix, presque en confidence:

— C'est demain dimanche... J'irai vous voir après-midi.

Quelques courtes heures de nuit, un matin de soleil sur la neige, et voici qu'il était de nouveau près d'elle, reprenant ses récits merveilleux comme un plaidoyer interrompu.

Car c'était pour elle surtout qu'il avait parlé la veille au soir; elle le comprit clairement. Le grand mépris qu'il avait témoigné pour la vie des campagnes; ses descriptions de l'existence glorieuse des villes, ce n'avait été que la préface d'une tentation dont il lui mettait maintenant sous les yeux les vingt aspects comme on feuillette un livre d'images.

— Oh, Maria! Vous ne pouvez pas vous imaginer... Les magasins de Roberval, la grand'messe, une veillée dramatique dans un couvent; voilà tout ce que vous avez vu de plus beau encore. Eh bien, toutes ces choses-là, les gens qui ont habité les villes ne feraient qu'en rire. Vous ne pouvez pas vous imaginer... Rien qu'à vous promener sur les trottoirs des grandes rues, un soir, quand la journée de travail est finie — pas des petits trottoirs de planches comme à Roberval, mais de beaux trottoirs d'asphalte plats comme une table et larges comme une salle — rien qu'à vous promener de même, avec les lumières, les chars électriques qui passent tout le temps, les magasins, le monde... vous verriez de quoi vous étonner pour des semaines.

« Et tous les plaisirs qu'on peut avoir: le théâtre, les cirques, les gazettes avec des images, et dans toutes les rues des places où l'on peut entrer pour un nickel, cinq cents, et rester deux heures à pleurer et à rire. Oh, Maria! Pensez que vous ne savez même pas ce que c'est que les vues animées! »

Il se tut quelques instants, repassant dans sa mémoire le spectacle prodigieux des cinématographes et se demandant s'il pourrait l'expliquer et en raconter les péripéties ordinaires: l'histoire touchante des petites filles abandonnées ou perdues dont la vie est condensée sur l'écran en douze minutes de misère atroce et trois minutes de réparation et d'apothéose dans un salon d'un luxe exagéré... Les galopades effrénées des cow-boys à la poursuite des Indiens ravisseurs; l'épouvantable fusillade; la délivrance ultime des captifs; à la dernière seconde, par les soldats qui arrivent en trombe, brandissant magnifiquement la bannière étoilée...

Après une minute d'hésitation, il secoua la tête, reconnaissant son impuissance à peindre toutes ces choses avec des mots.

Ils marchaient ensemble sur la neige, les raquettes aux pieds, dans les brûlés qui couvrent la berge haute de la rivière Péribonka au-dessus de la chute. Lorenzo Surprenant n'avait eu recours à aucun prétexte pour obtenir que Maria sortît avec lui; il le lui avait demandé simplement, devant tous, et maintenant il lui parlait d'amour avec la même simplicité directe et pratique.

— ...Le premier jour que je vous ai vue, Maria, le premier jour... c'est vrai! Voilà longtemps que je n'étais revenu au pays, et j'étais à me dire que c'était une misérable place pour vivre, que les hommes étaient une gang de simples qui n'avaient rien vu et que les filles n'étaient sûrement pas aussi fines ni aussi smart que celles des États... et puis rien qu'à vous regarder, je me suis dit tout d'un coup que c'était moi qui n'étais qu'un simple, parce que ni à Lowell ni à Boston je n'avais jamais vu de fille comme vous. Après que j'étais retourné là-bas, dix fois par jour je pensais que peut-être bien quelque malavenant d'habitant allait venir vous chercher et vous prendre, et chaque fois ça me faisait froid dans le dos. C'est pour vous que je suis revenu, Maria, revenu de tout près de Boston jusqu'icitte: trois jours de voyage! Les affaires que j'avais, j'aurais pu les faire par lettre; c'est pour vous que je suis revenu, pour vous dire ce que j'avais à dire et savoir ce que vous me répondriez.

Toutes les fois que le sol était nu l'espace de quelques pieds devant eux, dépourvu de chicots et de racines, et qu'il pouvait relever les yeux sans craindre de trébucher dans la neige, il la regardait, mais ne voyait d'elle que son profil penché, à l'expression patiente et tranquille, entre son bonnet de laine et le long gilet de laine qui moulait ses formes héroïques, de sorte que chaque regard lui rappelait ses raisons d'aimer sans lui rapporter de réponse.

— Icitte... Ce n'est pas une place pour vous, Maria. Le pays est trop dur, et le travail est dur aussi: on se fait mourir rien que pour gagner son pain. Là-bas, dans les manufactures, fine et forte comme vous êtes, vous auriez vite fait de gagner quasiment autant comme moi; mais si vous étiez ma femme vous n'auriez pas besoin de travailler. Je gagne assez pour deux, et nous ferions une belle vie: des toilettes propres, un joli plain-pied dans une maison en briques, avec le gaz, l'eau chaude, toutes sortes d'affaires dont vous n'avez pas d'idée et qui vous épargnent du trouble et de la misère à chaque instant. Et ne vous figurez pas qu'il n'y a que des Anglâs par là; je connais bien des familles canayennes qui travaillent comme moi ou bien qui ont des magasins; et il y a une belle église, avec un prêtre canadien: Monsieur le curé Tremblay, de Saint-Hyacinthe. Vous ne vous ennuieriez pas...

Il hésita encore, et promena son regard autour de lui sur le sol blanc semé de souches brunes, sur le plateau austère qui un peu plus loin descendait d'une seule course jusqu'à la rivière glacée, comme s'il cherchait des arguments décisifs.

— Je ne sais pas quoi vous dire... Vous avez toujours vécu par icitte et vous ne pouvez pas vous figurer comment c'est ailleurs, et je ne suis pas capable de
vous le faire comprendre rien qu'en parlant. Mais je
vous aime, Maria, je gagne de bonnes gages et je ne
prends pas un coup jamais. Si vous voulez bien me
marier comme je vous le demande, je vous emmène-
rai dans des places qui vous étonneront, de vraies
belles places pas en tout comme par icitte, où on peut
vivre comme du monde, et faire un règne heureux.

Maria resta muette, et pourtant chacune des
phrases de Lorenzo Surprenant était venue battre
son cœur comme une lame s'abat sur la grève. Ce
n'étaient point les protestations d'amour qui la tou-
chaient, encore qu'elles fussent sincères et honnêtes,
mais les descriptions par lesquelles il cherchait à la
tenter. Il n'avait parlé que de plaisirs vulgaires, de
mesquins avantages de confortable ou de vanité;
mais considérez que ces choses étaient les seules
qu'elle pût comprendre avec exactitude, et que tout le
reste — la magie mystérieuse des cités, l'attirance
d'une vie différente, inconnue, au centre même du
monde humain et non plus sur son extrême lisière —
n'avait que plus de force de rester ainsi impalpable et
vague, pareil à une grande clarté lointaine.

Tout ce qu'il y a de merveilleux, d'enivrant, dans le
spectacle et le contact des multitudes; toute la
richesse fourmillante de sensations et d'idées qui est
l'apanage pour lequel le citadin a troqué l'orgueil
âpre de la terre, Maria pressentait tout cela confusément, comme une vie nouvelle dans un monde nouveau, une glorieuse métempsycose dont elle avait la

nostalgie d'avance. Mais surtout elle avait un grand désir de s'en aller.

Le vent soufflait de l'est et chassait devant lui une armée de nuages tristes chargés de neige. Ils défilaient comme une menace au-dessus du sol blanc et des bois sombres; le sol semblait attendre une autre couche à son linceul, passif, et les sapins, les épinettes, les cyprès, serrés les uns contre les autres, n'oscillaient pas, figés dans cet aspect de grande résignation qu'ont les arbres aux troncs droits. Les souches émergaient de la neige comme des épaves. Rien dans le paysage ne parlait d'un printemps possible ni d'une saison future de chaleur et de fécondité: c'était plutôt un pan de quelque planète déshéritée où ne régnait jamais que la froide mort.

Ce froid, cette neige, cette campagne endormie, l'austérité des arbres sombres, Maria Chapdelaine avait connu cela toute sa vie; et maintenant pour la première fois elle y songeait avec haine et avec crainte. Quels paradis ce devaient être ces contrées du sud où l'hiver était fini en mars et où dès avril les feuilles se montraient! Au plus fort de l'hiver l'on pouvait marcher sur les chemins sans raquettes, sans fourrures, loin des bois sauvages. Et dans les villes, les rues...

Des questions tremblèrent sur ses lèvres. Elle eût voulu savoir s'il y avait de hautes maisons et des magasins des deux côté de ces rues, sans interruption, comme on le lui avait dit, si les chars électriques marchaient toute l'année; si la vie était bien chère... Et des réponses à toutes ces questions n'eussent satisfait qu'une petite partie de sa curiosité émue et laissé subsister presque tout le vague merveilleux du grand mirage.

Elle demeura silencieuse, pourtant, craignant de rien dire qui ressemblât à un commencement de promesse. Lorenzo la regarda longuement tout en marchant à côté d'elle sur la neige, et il ne devina rien de ce qui se passait dans son coeur.

— Vous ne voulez pas, Maria... Vous n'avez pas d'amitié pour moi, ou bien c'est-il que vous ne pouvez pas vous décider encore?

Comme elle ne répondait toujours rien, il s'accrocha à cette dernière supposition par peur d'un refus définitif.

— Vous n'avez pas besoin de dire oui de suite, bien sûr! Il n'y a pas guère longtemps que vous me connaissez... Seulement pensez à ce que je vous ai dit. Je reviendrai, Maria. C'est un grand voyage, et qui coûte cher; mais je reviendrai. Et si vous pensez assez, vous verrez qu'il n'y a pas un garçon dans le pays avec qui vous pourriez faire un règne comme vous ferez avec moi, parce que si vous me mariez nous vivrons comme du monde, au lieu de nous tuer à soigner des animaux et à gratter la terre dans des places désolées...

Ils rentrèrent. Lorenzo causa quelques temps du voyage qui l'attendait, des États où il allait trouver le printemps déjà venu, du travail abondant et bien payé dont témoignaient des vêtements élégants et sa bonne mine. Puis il partit, et Maria, qui avait laborieusement détourné les yeux devant les siens, s'assit près de la fenêtre et regarda la nuit et la neige descendre ensemble, en songeant à son grand ennui.

# XIII

Personne ne posa de questions à Maria, ni ce soir-là ni les soirs suivants; mais quelque membre de la famille dut parler à Eutrope Gagnon de la visite de Lorenzo Surprenant et de ses intentions évidentes, car le dimanche d'après Eutrope vint à son tour, après le repas de midi, et Maria entendit un deuxième aveu d'amour.

François Paradis était venu au coeur de l'été, descendant du pays mystérieux situé « en haut des rivières »; le souvenir des très simples paroles qu'il avait prononcées était tout mêlé à celui du grand soleil éclatant, des bleuets mûrs, des dernières fleurs de bois de charme se fanant dans la brousse. Après lui Lorenzo Surprenant avait apporté un autre mirage: le mirage des belles cités lointaines et de la vie qu'il offrait, riche de merveilles inconnues. Eutrope Gagnon, quand il parla à son tour, le fit timidement, avec une sorte de honte et comme découragé

d'avance, comprenant qu'il n'avait rien à offrir qui
eût de la force pour tenter.

Hardiment il avait demandé à Maria de venir se
promener avec lui; mais quand ils eurent mis leurs
manteaux et ouvert la porte ils virent que la neige
tombait. Maria s'était arrêtée sur le perron, hésitante, une main sur le loquet, faisant mine de rentrer; et lui, craignant de laisser échapper l'occasion,
s'était mis à parler de suite, se dépêchant comme s'il
craignait de ne pouvoir tout dire.

— ...Vous savez bien que j'ai de l'amitié pour vous,
Maria. Je ne vous en avais pas parlé encore, d'abord
parce que ma terre n'était pas assez avancée pour que
nous puissions vivre dessus comme il faut tous les
deux, et après ça parce que j'avais deviné que c'était
François Paradis que vous aimiez le mieux. Mais
puisqu'il est mort maintenant et que cet autre garçon
des États est après vous, je me suis dit que moi aussi
je pourrais bien essayer ma chance...

La neige descendait maintenant en flocons serrés;
elle dégringolait du ciel gris, faisait un papillonne-
ment blanc devant l'immense bande sombre qui était
la lisière de la forêt, et puis allait se joindre à cette
autre neige que cinq mois d'hiver avaient déjà accu-
mulée sur le sol.

— ... Je ne suis pas riche, bien sûr; mais j'ai deux
lots à moi, tout payés, et vous savez que c'est de la
bonne terre. Je vais travailler dessus tout le printemps, dessoucher le grand morceau en bas du cran,
faire de bonnes clôtures, et quand mai viendra j'en
aurai grand prêt à être semé. Je sèmerai cent trente
minots, Maria... cent trente minots de blé, d'orge et

d'avoine, sans compter un arpent de gaudriole pour les animaux. Tout ce grain-là, du beau grain de semence, je l'achèterai à Roberval et je payerai cash sur le comptoir, de même... J'ai l'argent de côté tout prêt; je payerai cash, sans une cent de dette à personne, et si seulement c'est une année ordinaire, ça fera une belle récolte. Pensez donc, Maria, cent trente minots de beau grain de semence dans de la bonne terre! Et pendant l'été, avant les foins, et puis entre les foins et la moisson, ça serait le bon temps pour élever une belle petite maison chaude et solide, toute en épinette rouge. J'ai le bois tout prêt, coupé, empilé derrière ma grange; mon frère m'aidera, et peut-être aussi Esdras et Da'Bé quand ils seront revenus. L'hiver d'après je monterai aux chantiers avec un cheval et je reviendrai au printemps avec pas moins de deux cents piastres dans ma poche, claires. Alors, si vous aviez bien voulu m'attendre, ça serait le temps...

Maria restait appuyée à la porte, une main sur le loquet, détournant les yeux. C'était cela tout ce qu'Eutrope Gagnon avait à lui offrir: attendre un an et puis devenir sa femme et continuer la vie d'à présent, dans une autre maison de bois, sur une autre terre mi-défrichée... Faire le ménage et l'ordinaire, tirer les vaches, nettoyer l'étable quand l'homme serait absent, travailler dans les champs peut-être, parce qu'ils ne seraient que deux et qu'elle était forte. Passer les veillées au rouet ou à radouber de vieux vêtements... Prendre une demi-heure de repos parfois l'été, assise sur le seuil, en face des quelques champs enserrés par l'énorme bois sombre; ou bien, l'hiver, faire fondre avec son haleine un peu de givre opaque sur la vitre et regarder la neige tomber sur la campagne déjà blanche et sur le bois... Le bois... toujours le bois, impénétrable, hostile, plein de secrets sinistres, fermé autour d'eux comme une poigne cruelle qu'il faudrait desserrer peu à peu, peu à peu, année par année, gagnant quelques arpents chaque fois au printemps et à l'automne, année par année, à travers toute une longue vie terne et dure...

Non, elle ne voulait pas vivre comme cela.

— Je sais bien qu'il faudrait travailler fort pour commencer, continuait Eutrope, mais vous êtes vaillante, Maria, et accoutumée à l'ouvrage, et moi aussi. J'ai toujours travaillé fort; personne n'a pu dire jamais que j'étais lâche, et si vous vouliez bien me marier ça serait mon plaisir de peiner comme un boeuf toute la journée pour vous faire une belle terre et que nous soyons à l'aise avant d'être vieux. Je ne prends pas de boisson, Maria, et je vous aimerais bien...

Sa voix trembla et il étendit la main vers le loquet à son tour, peut-être pour prendre sa main à elle, peut-être pour l'empêcher d'ouvrir la porte et de rentrer avant d'avoir donné sa réponse.

— L'amitié que j'ai pour vous... ça ne peut pas se dire...

Elle ne répondait toujours rien. Pour la deuxième fois un jeune homme lui parlait d'amour et mettait dans ses mains tout ce qu'il avait à donner, et pour la deuxième fois elle écoutait et restait muette, embarrassée, ne se sauvant de la gaucherie que par l'immobilité et le silence. Les jeunes filles des villes l'eussent trouvée niaise; mais elle n'était que simple et sincère, et proche de la nature, qui ignore les mots. En d'autres temps, avant que le monde ne fût devenu compliqué comme à présent, sans doute de jeunes hommes, mi-violents et mi-timides, s'approchaient-ils d'une fille aux hanches larges et à la poitrine profonde pour offrir et demander, et toutes les fois que la nature n'avait pas encore parlé impérieusement en elle, sans doute elle les écoutait en silence, prêtant l'oreille moins à leurs discours qu'à une voix intérieure et préparant le geste d'éloignement qui la défendrait contre toute requête trop ardente, en attendant... Les trois amoureux de Maria Chapdelaine n'avaient pas été attirés par des paroles habiles ou gracieuses, mais par la beauté de son corps et par ce qu'ils pressentaient de son cœur limpide et honnête; quand ils lui parlaient d'amour elle restait semblable à elle-même, patiente, calme, muette tant qu'elle ne voyait rien qu'il leur fallût dire, et ils ne l'en aimaient que davantage.

— Ce garçon des États est venu vous faire de beaux discours, mais il ne faut pas vous laisser prendre...

Il devina son geste ébauché de protestation et se fit plus humble.

— Oh! Vous êtes bien libre, comme de raison; et je n'ai rien à dire contre lui. Mais vous seriez mieux de rester icitte, Maria, parmi des gens comme vous.

À travers la neige qui tombait, Maria regardait l'unique construction de planches — mi-étable et mi-grange — que son père et ses frères avaient élevée cinq ans plus tôt, et elle lui trouvait un aspect à la fois

répugnant et misérable, maintenant qu'elle avait
commencé à se figurer les édifices merveilleux des
cités. L'intérieur chaud et fétide, le sol couvert de
fumier et de paille souillée, la pompe dans un coin,
dure à manoeuvrer et qui grinçait si fort, l'extérieur
désolé, tourmenté par le vent froid, souffleté par la
neige incessante: c'était le symbole de ce qui l'attendait si elle épousait un garçon comme Eutrope
Gagnon — une vie de labeur grossier dans un pays
triste et sauvage.

Elle secoua la tête.

— Je ne peux rien vous dire, Eutrope, ni oui, ni
non; pas maintenant... Je n'ai rien promis à personne. Il faut attendre.

C'était plus qu'elle n'en avait dit à Lorenzo Surprenant et pourtant Lorenzo était parti plein d'assurance, et Eutrope sentit qu'il avait tenté sa chance et
perdu. Il s'en alla seul à travers la neige, tandis qu'elle
rentrait dans la maison.

Mars se traîna en jours tristes; un vent froid poussait d'un bout à l'autre du ciel les nuages gris, ou
balayait la neige; il fallait étudier le calendrier, don
d'un marchand de grain de Roberval, pour comprendre que le printemps venait.

Les journées qui suivirent furent pour Maria
toutes pareilles aux journées d'autrefois, ramenant
les mêmes tâches accomplies de la même manière;
mais les soirées devinrent différentes, remplies par
un effort de pensée pathétique. Sans doute ses
parents avaient-ils deviné ce qui s'était passé; mais,
respectant son silence, ils ne lui offraient pas de

conseils et elle n'en demandait pas. Elle avait conscience qu'il n'appartenait qu'à elle de faire son choix et d'arrêter sa vie, et se sentait pareille à une élève debout sur une estrade devant des yeux attentifs, chargée de résoudre sans aide un problème difficile.

C'était ainsi: quand une fille arrivait à un certain âge, lorsqu'elle était plaisante à voir, saine et forte, habile à toutes les besognes de la maison et de la terre, de jeunes hommes lui demandaient de les épouser. Et il fallait qu'elle dît: «Oui» à celui-là, «Non» à l'autre...

Si François Paradis ne s'était pas écarté sans retour dans les grands bois désolés, tout eût été facile. Elle n'aurait pas eu à se demander ce qu'il lui fallait faire: elle serait allée droit vers lui, poussée par une force impérieuse et sage, aussi sûre de bien faire qu'une enfant qui obéit. Mais il était parti; il ne reviendrait pas comme il l'avait promis, ni au printemps, ni plus tard, et Monsieur le curé de Saint-Henri avait défendu de continuer par un long regret la longue attente.

Oh, mon Dou! Quel temps merveilleux ç'avait été que le commencement de cette attente! Quelque chose se gonflait et s'ouvrait dans son coeur de semaine en semaine, comme une belle gerbe riche dont les épis s'écartent et se penchent, et une grande joie venait vers elle en dansant... Non, c'était plus vif et plus fort que cela. C'était pareil à une grande flamme-lumière aperçue dans un pays triste, à la brunante, une promesse éclatante vers laquelle on marche, oubliant les larmes qui avaient été sur le point de venir et disant d'un air de défi: «Je savais bien... Je savais bien qu'il y avait quelque part dans le monde quelque chose comme cela. » Fini? Oui, c'était fini. Maintenant il fallait faire semblant de n'avoir rien vu, et chercher laborieusement son chemin, en hésitant, dans le triste pays sans mirage.

Le père Chapdelaine et Tit-Bé fumaient sans rien dire, assis près du poêle; la mère tricotait des bas; Chien, couché sur le ventre, la tête entre ses pattes allongées, clignait doucement des yeux, jouissant de la bonne chaleur. Télesphore s'était endormi, son catéchisme ouvert sur les genoux, et la petite Alma-Rose, qui était encore éveillée, elle, hésitait depuis plusieurs minutes déjà entre un grand désir de faire remarquer la paresse inexcusable de son frère et la honte d'une pareille trahison.

Maria baissa les yeux, reprit son ouvrage et suivit un peu plus loin encore sa pensée obscure et simple.

Quand une fille ne sent pas ou ne sent plus la grande force mystérieuse qui la pousse vers un garçon différent des autres, qu'est-ce qui doit la guider? Qu'est-ce qu'elle doit chercher dans le mariage? Avoir une belle vie, assurément, faire un règne heureux...

Ses parents auraient préféré qu'elle épousât Eutrope Gagnon — elle le savait — d'abord parce qu'elle resterait ainsi près d'eux et ensuite parce que la vie de la terre était la seule qu'ils connussent et qu'ils l'imaginaient naturellement supérieure à toutes les autres. Eutrope était un bon garçon, vaillant et tranquille, et il l'aimait; mais Lorenzo Surprenant l'aimait aussi; il était également sobre, travailleur; il était en somme resté Canadien, tout pareil

aux gens parmi lesquels elle vivait; il allait à l'église...
Et il lui apportait comme un présent magnifique un
monde éblouissant, la magie des villes; il la délivre-
rait de l'accablement de la campagne glacée et des
bois sombres...

Elle ne pouvait se résoudre encore à se dire: «Je
vais épouser Lorenzo Surprenant» — mais en vérité
son choix était fait. Le norouâ meurtrier qui avait
enseveli François Paradis sous la neige, au pied de
quelque cyprès mélancolique, avait fait sentir à
Maria du même coup toute la tristesse et la dureté du
pays qu'elle habitait et lui avait inspiré la haine des
hivers du Nord, du froid, du sol blanc, de la solitude,
des grandes forêts inhumaines où tous les arbres ont
l'aspect des arbres de cimetière. L'amour — le vrai
amour — avait passé près d'elle... une grande
flamme chaude et claire... et puis s'était éloignée
pour ne plus revenir. Il lui en était resté une nostalgie, et maintenant elle se prenait à désirer comme
une compensation et comme un remède l'éblouissement d'une vie lointaine dans la clarté pâle des cités.

## XIV

Un soir d'avril la mère Chapdelaine refusa de se mettre à table avec les autres à l'heure du souper.

— J'ai mal dans le corps et je n'ai pas faim, dit-elle. Je pense que je me suis forcée en levant la poche de fleur aujourd'hui pour faire le pain; maintenant je sens quelque chose dans le dos qui me tire... et je n'ai pas faim.

Personne ne répondit rien. Les gens qui vivent d'une vie facile sont prompts à s'inquiéter dès que chez l'un d'entre eux le mécanisme humain se dérange; mais ceux qui vivent sur la terre en sont venus à trouver presque naturel que parfois leur dur métier les surmène et que quelque fibre de leur corps se rompe. Pendant que le père et les enfants mangeaient, la mère Chapdelaine resta immobile sur sa chaise, près du poêle: elle haletait un peu et sa figure grasse s'altérait.

— Je vas me coucher, fit-elle bientôt. ...Une bonne nuit et demain matin je serai correcte, certain! Tu guetteras la cuite, Maria.

Le lendemain, en effet, elle se leva à son heure ordinaire; mais quand elle eut préparé la pâte pour les crêpes, la peine la terrassa et elle dut s'allonger de nouveau. Près du lit elle s'arrêta un instant, se tenant les reins des deux mains, et s'assura que la besogne du jour serait faite.

— Tu donneras à manger aux hommes, Maria. Et ton père t'aidera à tirer les vaches si tu veux. Je ne suis bonne à rien à matin.

— C'est bon, sa mère, c'est bon, répondit Maria. Reposez-vous tranquillement; nous n'aurons pas de misère.

Pendant deux jours elle resta couchée, surveillant de son lit toute la vie domestique, donnant des conseils.

— Tourmente-toi point, lui répétait son mari sans cesse. Il n'y a quasiment rien à faire dans la maison à part de l'ordinaire, et pour ça Maria est bien capable, et pour le reste aussi, batêche! Elle n'est plus une petite fille à cette heure: elle est aussi capable comme toi. Reste sans bouger, ben à l'aise, au lieu de bardasser tout le temps entre les couvertes et d'empirer ton mal.

Le troisième jour elle cessa de penser aux soins du ménage et commença à se lamenter.

— Oh, mon Dou! gémissait-elle. J'ai mal dans tout le corps et la tête me brûle. Je vas mourir!

Le père Chapdelaine essaya de la réconforter en plaisantant.

— Tu mourras quand le bon Dieu voudra que tu meures, et à mon idée ça n'est pas encore de ce temps icitte. Qu'est-ce qu'il ferait de toi? Le Paradis est plein de vieilles femmes... au lieu qu'icitte nous n'en avons qu'une et elle peut encore rendre service, des fois...

Mais il commençait à s'inquiéter et tint conseil avec sa fille.

— Je pourrais atteler et aller virer à La Pipe, proposa-t-il. Peut-être bien qu'au magasin ils ont des remèdes pour cette maladie-là; ou bien j'en causerais à M. le curé et il me dirait quoi faire...

Avant qu'ils eussent pris une décision, la nuit était venue et Tit'Bé, qui était allé aider Eutrope Gagnon à scier du bouleau pour son poêle, rentra et le ramena avec lui.

— Eutrope a un remède, dit-il.

Ils se rassemblèrent tous autour d'Eutrope, qui prit dans une de ses poches et ouvrit lentement une petite boîte de fer-blanc.

— Voilà ce que j'ai, fit-il d'un air de doute. C'est des pilules. Quand mon frère a eu mal aux rognons, voilà trois ans passés, il a vu dans une gazette une annonce pour ces pilules-là, qui disait qu'elles étaient bonnes; alors il a envoyé de l'argent pour une boîte. Il dit que c'est un bon remède. Son mal n'est pas parti de suite, comme de raison; mais il dit que c'est un bon remède. Ça vient des États...

Pendant quelques instants ils contemplèrent sans mot dire les quelques pilules grises qui roulaient çà et là sur le fond de la boîte. Un remède... préparé par quelque homme repu de science, en des pays lointains... Le même respect troublé les courbait qu'inspire aux Indiens la décoction d'herbes cueillies par une nuit de pleine lune, au-dessus de laquelle le guérisseur de la tribu a récité les formules magiques.

Maria questionna d'une voix hésitante:

— C'est-il bien aux rognons qu'elle a mal, seulement?

— D'après ce que Tit'Bé m'avait dit, j'avais pensé que c'était ça.

Le père Chapdelaine fit un geste évasif.

— Elle s'est forcée en levant la poche de fleur, qu'elle dit, et maintenant voilà qu'elle a mal dans tout le corps. On ne peut pas savoir...

— La gazette qui parlait de ce remède-là, reprit Eutrope Gagnon, disait comme ça que quand le monde tombait malade et pâtissait, c'était à cause des rognons, toujours; et pour les rognons ces pilules-là, c'est extra. La gazette le disait, et mon frère aussi.

— Quand même ça ne serait pas pour ce mal-là tout à fait, dit Tit'Bé d'un air de respect, c'est un remède, toujours...

— Elle pâtit, c'est sûr: on ne peut pas la laisser comme ça.

Ils s'approchèrent du lit où la malade gémissait et respirait bruyamment, tentant par intervalles des mouvements légers que suivaient des plaintes plus aiguës.

— Eutrope t'a apporté un remède, Laura.

— J'y crois point à vos remèdes, répondit-elle entre deux plaintes.

Mais elle regarda pourtant avec intérêt les pilules grises qui roulaient sans cesse dans la boîte de fer-blanc comme si elles eussent été animées d'une vie surnaturelle.

— Mon frère en a mangé, voilà trois ans passés, quand il avait le mal de rognons si fort qu'il ne pouvait quasiment pas travailler, et il dit que ça lui a fait du bien. Oh! c'est un bon remède, madame Chapdelaine, certain!

À mesure qu'il parlait, son hésitation primitive s'évanouissait et il se sentait envahi d'une grande confiance.

— Ça va vous guérir, madame Chapdelaine, sûr comme il y a un bon Dieu. C'est un remède de première classe; mon frère l'a fait venir des États exprès. Vous ne trouveriez pas un remède comme ça au magasin de La Pipe, sûrement.

— Ça ne peut pas la rendre pire? interrogea Maria avec un reste de crainte. Ça n'est pas du poison ni une affaire de même?

Tous les hommes protestèrent ensemble avec une sorte d'indignation.

— Faire du mal, des petites pilules pas plus grosses que ça!

— Mon frère en a mangé quasiment une boîte, et il dit que c'est du bien que ça lui a fait.

Quand Eutrope partit, il laissa les pilules derrière lui; la malade n'avait pas encore consenti à en prendre, mais sa résistance diminuait de force à chaque fois.

Elle en prit deux au milieu de la nuit, deux autres au matin, et pendant les heures qui suivirent tout le monde attendit avec confiance que la magie du remède opérât. Mais vers midi il fallut se rendre à

l'évidence: elle souffrait toujours autant et continuait
à se plaindre. Au soir la boîte était vide, et quand la
nuit tomba les gémissements de la malade remplirent
la maison d'une tristesse angoissée, maintenant surtout que l'on n'avait plus de remède en quoi l'on pût
espérer.

Maria se leva deux ou trois fois, émue par des
plaintes plus fortes; chaque fois elle trouvait sa mère
dans la même position, couchée sur le côté dans une
immobilité qui semblait la faire souffrir et la raidir
un peu plus d'heure en heure, et toujours se lamen-
tant bruyamment.

— Quoi c'est, sa mère? demandait Maria. Ça va-t-
il pas mieux?

— Oh, mon Dou, que je pâtis! Que je pâtis donc!
répondait la malade. Je peux plus grouiller, plus en
tout, et ça me fait mal tout de même. Donne-moi de
l'eau frette, Maria; j'ai soif à mourir.

Maria lui donna à boire plusieurs fois, mais finit
par concevoir des craintes.

— Ça n'est peut-être pas bon pour vous de boire
tant que ça, sa mère. Tâchez d'endurer votre soif un
temps.

— C'est pas endurable, je te dis... La soif, et puis le
mal que j'ai dans tout le corps, et la tête qui me
brûle... Oh, mon Dou! C'est certain que je vas
mourir...

Un peu avant le jour elles s'assoupirent toutes les
deux; mais Maria fut bientôt réveillée par son père,
qui lui secouait l'épaule et parlait à voix basse.

— Je vas atteler, dit-il. J'irai virer à Mistook pour
chercher le médecin, et en passant à La Pipe je vas

parler à M. le curé aussi. C'est épeurant de l'entendre se lamenter de même...

Les yeux ouverts dans la clarté blafarde de l'aube, Maria prêta l'oreille aux bruits du départ: la porte de l'écurie battant contre le mur; les sabots du cheval sonnant mat sur les madriers de l'allée; des commandements étouffés: « Ho la! Harrié!... Harrié donc! Ho!... » Puis le tintement des grelots de l'attelage. Dans le silence qui suivit, la malade gémit deux ou trois fois, mais sans se réveiller; Maria regarda le jour pâle emplir la maison et songea au voyage de son père, s'efforçant de calculer les distances.

...De chez eux au village de Honfleur: huit milles... De Honfleur à La Pipe: six... À La Pipe son père parlerait à M. le curé et puis il continuerait vers Mistook... Elle se reprit et au lieu du vieux nom indien que les gens du pays emploient toujours, elle donna au village son nom officiel, celui dont l'avaient baptisé les prêtres: Saint-Coeur-de-Marie... De La Pipe à Saint-Coeur-de-Marie: huit autres milles... Huit et six, et huit encore... Elle s'embrouilla et dit à voix basse:

— Ça fait loin, toujours. Et les chemins seront méchants.

Une fois de plus elle ressentait un effarement tragique en songeant à leur solitude, dont elle ne se souciait guère autrefois. C'était bon quand tout le monde était fort et joyeux et qu'on n'avait pas besoin d'aide; mais qu'un peu de chagrin vînt... une maladie... et le bois qui les entourait semblait resserrer sur eux sa poigne hostile pour les priver des secours du monde, le bois et ses acolytes: les mauvais chemins où les chevaux enfoncent jusqu'au poitrail, les tempêtes de neige en plein avril...

Sa mère tenta de se retourner dans son sommeil, s'éveilla en poussant un cri aigu de douleur et aussitôt recommença à gémir sans répit. Maria se leva et alla s'asseoir près d'elle, songeant à la longue journée qui commençait, au cours de laquelle elle n'aurait ni conseil ni aide.

Elle ne fut qu'une longue plainte, cette journée: un gémissement sans fin qui venait du lit où gisait la malade et hantait l'étroite maison de bois. De temps en temps se mêlait à cette lamentation quelque bruit domestique: la vaisselle entrechoquée, la porte du poêle de fonte ouverte avec un claquement; des pas sur le plancher, Tit'Bé rentrant dans la maison doucement, inquiet et gauche, pour prendre des nouvelles.

— Ça va-t-il point mieux?

Maria secouait la tête. Ils restaient tous les deux immobiles quelques secondes, regardant la forme immobile sous les couvertures de laine brune, prêtant l'oreille aux plaintes; puis Tit-Bé sortait de nouveau pour vaquer aux menues besognes du dehors; Maria achevait de mettre la maison en ordre et recommençait ensuite son guet patient, que des gémissements plus perçants venaient parfois interrompre comme des reproches.

D'heure en heure elle reprenait son calcul de temps et de distance.

— Son père doit être pas loin de Saint-Coeur-de-Marie... Si le médecin est là, ils vont laisser le cheval reposer une couple d'heures et ils partiront ensemble. Mais les chemins doivent être méchants; au printemps, de ce temps icitte, c'est quasiment pas passable, des fois...

Un peu plus tard:

— Ils doivent être partis; peut-être bien qu'en passant à La Pipe ils s'arrêteront pour parler à M. le curé. Ou bien encore il sera venu de suite dès qu'il aura su, sans les attendre. Il peut arriver dans aucun temps...

Mais la nuit approcha sans amener personne, et vers sept heures seulement des grelots se firent entendre au dehors. C'étaient le père Chapdelaine et le médecin qui arrivaient. Ce dernier entra dans la maison seul, posa son sac sur la table et commença à retirer sa pelisse en grognant.

— Avec des chemins de même, dit-il, c'est pas qu'une petite affaire de venir voir des malades. Et vous, vous êtes venus vous cacher dans le bois, apparemment le plus loin que vous avez pu. Batêche! vous pourriez bien tous mourir sans que personne vous vienne en aide.

Il se chauffa quelques secondes au poêle, puis s'approcha du lit.

— Eh bien, la mère, on se met à être malade, tout comme les gens qui ont le moyen!

Mais après un premier examen il cessa de plaisanter.

— Elle est malade pour de bon, je cré!

C'était sans affectation qu'il parlait comme les paysans; son grand-père et son père avaient travaillé la terre, et lui n'avait quitté la campagne que pour faire ses études de médecine à Québec, parmi d'autres garçons semblables à lui pour la plupart, petits-fils sinon fils de cultivateurs, qui avaient tous gardé des manières frustes de villageois et le lent parler héréditaire. Il était grand et massif, moustachu de gris, et sa figure épaisse avait toujours une expression un peu gênée de bonne humeur arrêtée court par l'annonce d'un chagrin d'autrui, auquel il devait faire semblant de compatir.

Le père Chapdelaine, ayant dételé et soigné son cheval, rentra dans la maison à son tour. Il s'assit à distance respectueuse avec ses enfants pendant que le médecin remplissait ses rites. Ils pensaient tous:

« Maintenant on va savoir ce que c'est, et il va lui donner de bons remèdes... »

Mais quand l'examen fut fini, au lieu d'avoir recours de suite aux philtres de son sac, il resta hésitant et se mit à poser des questions sans fin. Comment cela avait commencé, et de quoi elle se plaignait surtout... Si elle avait déjà souffert du même mal... Les réponses ne semblèrent pas l'éclairer beaucoup; alors il s'adressa à la malade elle-même, mais n'obtint d'elle que des indications vagues et des plaintes.

— Si ça n'est rien qu'un effort qu'elle s'est donné, fit-il à la longue, elle guérira toute seule: elle n'a qu'à rester au lit sans bouger. Mais si c'est une lésion dans le milieu du corps, aux rognons ou ailleurs, ça peut être méchant.

Il sentit confusément que le doute où il restait plongé désappointait les Chapdelaine, et voulut rétablir son prestige.

— Des lésions internes, c'est grave, et on ne peut rien y voir. Le plus grand savant du monde ne pourrait pas vous en dire plus long que moi. Il faut attendre... mais ça n'est peut-être pas ça.

Il recommença son examen et secoua la tête.

— Je peux toujours lui donner quelque chose pour l'empêcher de pâtir de même...

Le sac de cuir révéla enfin ses fioles mystérieuses; quinze gouttes d'une drogue jaunâtre tombèrent dans deux doigts d'eau, que la malade, soutenue, but avec force plaintes aiguës. Après cela, il ne restait apparemment qu'à attendre encore; les hommes allumèrent leurs pipes et le docteur, les pieds contre le poêle, parla de sa science et de ses cures.

— Des maladies de même, dit-il, qu'on ne sait pas bien ce que c'est, c'est plus bâdrant pour un médecin qu'une affaire grave. Ainsi la pneumonie, ou bien la fièvre typhoïde: les trois quarts des gens de par icitte, hormis qu'ils meurent de vieillesse, ce sont ces deux maladies-là qui les tuent. Eh bien, la fièvre typhoïde et la pneumonie, j'en guéris tous les mois. Vous connaissez bien Viateur Tremblay, le maître de poste de Saint-Henri...

Il paraissait un peu offensé que la mère Chapdelaine fût atteinte d'un mal obscur, au diagnostic difficile, et non d'une des deux maladies qu'il traitait avec le plus de succès, et il conta par le menu comment il avait guéri le maître de poste de Saint-Henri. De là ils en vinrent à discuter toutes les nouvelles du comté, de ces nouvelles qui font le tour du lac Saint-Jean, colportées de maison en maison, et qui sont d'un intérêt plus passionnant mille fois que les famines ou les guerres parce que les causeurs arrivent toujours à les rattacher à quelqu'un de leurs amis ou de leurs parents, dans ce pays où tous les liens de parenté sont suivis méticuleusement en esprit, malgré les distances.

La mère Chapdelaine cessa de se plaindre, et parut s'assoupir. Le médecin jugea donc qu'il avait fait ce qu'on attendait de lui, tout au moins pour un soir, vida sa pipe et se leva.

— Je vas aller coucher à Honfleur, dit-il. Votre cheval est bon pour me mener jusque là, eh? Vous n'avez pas besoin de venir, vous; je connais le chemin. Je vas passer la nuit chez Éphrem Surprenant et je reviendrai demain dans l'avant-midi.

Le père Chapdelaine hésita quelques instants, songeant que son vieux cheval avait déjà fait une dure journée; mais il ne répondit rien et finit par sortir pour atteler une fois de plus. Quelques minutes plus tard l'homme de science était parti et la famille se retrouva seule comme à l'ordinaire.

Une grande quiétude remplit la maison. Chacun songea avec soulagement: «C'est un bon remède qu'il lui a ordonné, pareil! Elle ne se lamente plus.» Mais une heure s'était à peine écoulée que la malade sortit de la torpeur où l'avait plongée le trop faible narcotique, essaya de se retourner et poussa un cri. Tous se levèrent de nouveau, navrés, et se rangèrent près du lit; elle ouvrit les yeux et après quelques plaintes aiguës se mit à pleurer bruyamment.

— Oh, Samuel, c'est certain, je vas mourir.

— Mais non! Mais non! Fais-toi pas des idées de même.

— Oui, je te dis que je vas mourir. Je sens ça, et ce médecin-là n'est qu'un grand simple qui ne sait pas quoi faire... Il ne peut même pas dire quel mal que c'est, et le remède qu'il m'a donné n'était pas le bon remède: ça ne m'a pas guéri. Je te dis que je vas mourir.

Elle disait cela d'une voix défaillante, entrecoupée de gémissements, pendant que les larmes coulaient sur ses joues grasses. Son mari et ses enfants la regardèrent, atterrés. La peur de la mort envahit la maison. Ils se sentirent isolés du reste du monde, sans défense, n'ayant même plus de cheval pour aller chercher un secours lointain, et leurs yeux se mouillèrent aussi, cependant qu'ils se taisaient et demeuraient immobiles, consternés comme par une trahison.

Eutrope Gagnon arriva sur ces entrefaites.

— Et moi qui pensais la trouver quasiment guérie, fit-il. Ce médecin-là, donc...

Le père Chapdelaine, hors de lui, se mit à crier.

— Ce médecin-là n'est bon à rien, et je le lui dirai bien, moué. Il est venu icitte, il lui a donné un petit remède de rien dans le fond d'une tasse et il s'en est allé coucher au village comme s'il avait gagné son argent. Il n'a rien fait que fatiguer mon cheval; mais il n'aura pas une cent de moi, rien en tout, rien...

Eutrope secoua la tête et dit d'un air grave.

— Je n'y ai point confiance non plus, aux médecins. Si on avait pensé à aller chercher un remmancheur, comme Tit-Sèbe de Saint-Félicien...

Tous les visages se tournèrent vers lui et les larmes s'arrêtèrent.

— Tit'Sèbe... fit Maria. Vous pensez qu'il est bon pour les maladies de même?

Eutrope et le père Chapdelaine affirmèrent leur

confiance en même temps.

— Tit'Sèbe guérit le monde; c'est sûr. Il n'a pas passé par les écoles, lui; mais il guérit le monde.

— Vous avez bien entendu parler de Nazaire Gaudreau, qui était tombé du haut d'une bâtisse et qui s'était brisé la taille... Les médecins sont venus le voir: ils n'ont rien su lui dire que le nom latin de son mal, et puis qu'il allait mourir. Alors on a été quérir Tit'Sèbe, et il l'a guéri.

Ils connaissaient tous de réputation le rebouteux, et l'espoir renaissait.

— Tit'Sèbe est un bon homme, et qui guérit le monde. Et pas difficile pour l'argent, avec ça. On va le quérir, on lui paye son temps, et il vous guérit. C'est lui qui a remmanché le petit Roméo Boily, après qu'il avait été écrasé par une waguine chargée de planches.

La malade était retombée dans une sorte de torpeur et gémissait faiblement, les yeux fermés.

— J'irai bien le quérir, si vous voulez, proposa Eutrope.

— Mais avec quel cheval donc? fit Maria. Le médecin a emmené Charles-Eugène à Honfleur.

Le père Chapdelaine eut un geste de rage et jura entre ses dents.

— Le vieux maudit!...

Eutrope réfléchit quelques secondes et se décida.

— Ça ne fait rien: j'irai pareil. Je marcherai jusqu'à Honfleur et là je trouverai bien quelqu'un qui me prêtera un cheval et une carriole: Racicot, ou bien le père Néron.

— C'est trente-cinq milles d'icitte à Saint-Félicien,

et les chemins sont méchants.

— J'irai pareil.

Il partit de suite et courut sur la neige, songeant au regard reconnaissant de Maria. Les autres se préparèrent pour la nuit, agitant dans leur esprit un nouveau calcul de distance... Soixante et dix milles aller et retour... et les mauvais chemins... La lampe resta allumée, et jusqu'au matin la malade se lamenta dans le silence, tantôt en plaintes aiguës, tantôt en un halètement affaibli.

Deux heures après l'aube, le médecin et le curé de Saint-Henri arrivèrent ensemble.

— Je n'ai pas pu venir plus tôt, expliqua le curé. Mais me voilà tout de même, et j'ai pris le docteur au village en passant.

Ils s'assirent près du lit et causèrent à voix basse; le médecin procéda à un nouvel examen; mais ce fut le curé qui en annonça le résultat.

— On ne peut rien dire, fit-il. Elle n'a pas l'air pire; mais ça n'est pas une maladie ordinaire. Je vais toujours la confesser et lui donner l'absolution; après ça nous nous en irons tous les deux et nous reviendrons après-demain.

Il s'approcha du lit de nouveau, pendant que tous les autres allaient s'asseoir près de la fenêtre. Pendant quelques minutes les deux voix se répondirent, l'une affaiblie par la souffrance et coupée de gémissements, l'autre assurée, grave, à peine abaissée pour les questions solennelles. Après un murmure indistinct, des gestes augustes planèrent, faisant baisser les têtes, et le curé se leva.

Avant le départ le médecin confia à Maria une

petite fiole, avec des recommandations.

— ... Seulement si elle pâtit bien fort, à crier, et jamais plus de quinze gouttes à la fois. Et ne lui donnez pas d'eau frette à boire.

Elle les reconduisit jusqu'au seuil, la fiole à la main. Au moment de monter dans la carriole, le curé de Saint-Henri la prit à part et lui dit quelques mots à son tour.

— Les médecins font ce qu'ils peuvent, dit-il avec simplicité, mais il n'y a que le bon Dieu qui connaît les maladies. Priez bien fort, et je dirai la messe pour elle demain; oui, une grand'messe avec chant, c'est entendu.

Toute la journée Maria s'efforça de combattre avec des prières la marche incompréhensible du mal, et chaque fois qu'elle s'approchait du lit c'était avec l'espoir confus qu'un miracle s'était produit et que la malade allait présentement cesser de gémir, s'assoupir quelques heures et se réveiller guérie. Il n'en fut rien: les plaintes continuaient et vers le soir elles se muèrent en une sorte de soupir profond, répété sans cesse, qui semblait protester contre un fardeau, ou bien contre l'envahissement lent d'un poison meurtrier.

Au milieu de la nuit Eutrope Gagnon arriva, ramenant Tit-Sèbe le remmancheur.

C'était un petit homme maigre à figure triste, avec des yeux très doux. Comme toutes les fois qu'on l'appelait au chevet d'un malade il avait mis ses vêtements de cérémonie, de drap foncé, assez usés, qu'il portait avec la gaucherie des paysans endimanchés. Mais les fortes mains brunes, qui saillaient des manches, avaient des gestes qui imposaient la confiance. Elles palpèrent les membres et le corps de la mère Chapdelaine avec des précautions infinies, sans lui arracher un seul cri de douleur, et après cela il resta longtemps immobile, assis près du lit, la contemplant comme s'il attendait qu'une intuition miraculeuse lui vînt.

Mais quand il parla, ce fut pour dire:

— Vous avez-t-y appelé le curé? Il est venu... Et quand c'est qu'il doit revenir? Demain: c'est correct.

Après un nouveau silence, il avoua simplement.

— Je n'y peux rien... C'est une maladie dans le dedans du corps, que je ne connais pas.

« Si ç'avait été un accident, des os brisés, je l'aurais guérie. Je n'aurais rien eu qu'à sentir ses os avec mes mains, et puis le bon Dieu m'aurait inspiré quoi faire, et je l'aurais guérie. Mais ça, c'est un mal que je ne connais pas. Je pourrais bien lui poser des mouches noires sur le dos, et peut-être que ça lui tirerait le sang et que ça la soulagerait pour un temps. Ou bien je pourrais lui donner une boisson faite avec des rognons de castor: c'est bon pour les maladies de même; c'est connu. Mais je ne pense pas que ça la guérirait, ni la boisson, ni les mouches noires. »

Il parlait avec tant d'honnêteté, et si simplement, qu'il faisait sentir à tous ce que c'était que la maladie d'un corps humain: un phénomène mystérieux et terrible qui se passe derrière des portes closes et que les autres humains ne peuvent combattre que gauchement, en tâtonnant, se fiant à des signes incertains.

— Si le bon Dieu le veut, elle va mourir.

Maria se mit à pleurer doucement; le père Chapdelaine resta immobile et muet, la bouche ouverte, ne comprenant pas encore, et le remmancheur, ayant prononcé son verdict, baissa la tête et regarda longuement la malade de ses yeux compatissants. Ses mains brunes de paysan, inutiles, reposaient sur ses genoux; voûté, un peu penché en avant, doux et triste, il semblait poursuivre avec son dieu un dialogue muet, disant:

— Vous m'avez donné le don de guérir les os brisés, et j'ai guéri; mais vous ne m'avez pas donné le don de guérir les maux comme ceux-ci: alors je suis obligé de laisser cette femme mourir.

Pour la première fois les marques profondes que la maladie avait creusées sur le visage de la mère Chapdelaine parurent à son mari et à ses enfants être autre chose que des signes passagers de douleur — l'empreinte définitive de la dissolution qui venait. Les soupirs profonds, et en vérité pareils à des râles, qui sortaient de son gosier, devinrent non plus une expression consciente de souffrance, mais la dernière protestation instinctive d'un organisme que déchirait l'approche de la mort. Et une peur nouvelle leur vint à tous, presque plus forte que leur peur de la perdre.

— Vous ne pensez pas qu'elle va mourir avant que Monsieur le curé ne revienne? demanda Maria.

Tit'Sèbe eut un geste d'ignorance.

— Je ne peux pas dire... Si votre cheval n'est pas trop fatigué, vous feriez bien d'aller le chercher dès qu'il fera jour.

Les regards se tournèrent vers la fenêtre, qui n'était encore qu'une plaque noire, et de là revinrent vers la malade. Une femme forte et courageuse, qui avait toute sa santé et toute sa connaissance cinq jours plus tôt... sûrement elle n'allait pas mourir aussi vite que cela... Mais maintenant qu'ils savaient l'issue triste, inévitable, chaque coup d'oeil révélait un changement subtil, quelque signe nouveau qui faisait de cette femme couchée, aveuglée et gémissante, une créature toute différente de leur femme et de leur mère qu'ils avaient connue si longtemps.

Une demi-heure passa: le père Chapdelaine se leva brusquement, après un nouveau regard vers la fenêtre.

— Je vas atteler, dit-il.

Tit'Sèbe hocha la tête.

— C'est correct: vous ferez aussi bien d'atteler; le jour va venir. De même Monsieur le curé sera icitte pour midi.

— Ouais: je vas atteler, répéta le père Chapdelaine.

Mais au moment de partir il semblait se rendre compte tout à coup qu'il se préparait à remplir une mission lugubre et solennelle en allant chercher le Saint-Sacrement, qui annonce la mort, et il hésitait un peu, comme au seuil d'une étape irrémédiable.

— Je vas atteler.

Il se balança d'un pied sur l'autre, jeta un dernier regard sur la malade, et sortit enfin.

Le jour vint, et bientôt après le vent se leva et commença à mugir autour de la maison.

— Voilà le norouâ qui prend: il va y avoir une tempête, dit Tit'Sèbe.

Maria tourna les yeux vers la fenêtre et soupira.

— Et justement il a neigé il y a deux jours: ça va

poudrer, certain! Les chemins étaient déjà méchants; son père et Monsieur le curé vont avoir de la misère.

Le remmancheur secoua la tête.

— Ils auront peut-être un peu de misère en route; mais ils arriveront pareil. Un prêtre qui apporte le Saint-Sacrement, c'est fort!

Ses yeux doux étaient remplis d'une foi sans borne.

— C'est fort, un prêtre qui apporte le Saint-Sacrement, répéta-t-il.

« ...Voilà trois ans passés, on m'avait appelé pour soigner un malade en bas de la rivière Mistassini; j'ai vu de suite que je ne pouvais pas le guérir, alors j'ai dit qu'on aille quérir un prêtre. C'était la nuit et il n'y avait pas d'homme dans la maison, vu que c'était le père qui était malade de même et que les garçons étaient tous petits. Alors j'y ai été moi-même. Il fallait traverser la rivière pour revenir; la glace venait de descendre — c'était au printemps — et il n'y avait quasiment pas un seul bateau à l'eau encore. Nous avons trouvé une grosse chaloupe qui était restée dans le sable tout l'hiver, et quand nous avons essayé de la mettre à l'eau elle était si enfoncée dans le sable, et si pesante, qu'à quatre hommes nous n'avons seulement pas pu la faire grouiller. Il y avait là Simon Martel, le grand Lalancette, de Saint-Méthode, un autre que je ne me rappelle plus, et moi, et à nous quatre, halant et poussant à nous briser le coeur en pensant à ce pauvre homme qui était en train de mourir comme un païen de l'autre bord de l'eau, nous n'avons seulement pas pu grouiller cette chaloupe-là d'un quart de pouce.

« Eh bien, M. le curé est venu; il a mis sa main sur le bordage... rien que mis sa main sur le bordage, de même... « Poussez encore un coup », qu'il a dit; et la chaloupe est partie quasiment seule et s'en est allée vers l'eau comme une créature en vie. Cet homme qui était malade a reçu le bon Dieu comme il faut et il est mort en monsieur, juste comme le jour venait. Oui, c'est fort, un prêtre! »

Maria soupira encore; mais son coeur avait trouvé dans la certitude et dans l'attente de la mort une sorte de sérénité triste. La maladie obscure, l'inquiétude de ce qui pouvait venir, c'étaient des choses qu'on combattait à l'aveuglette, sans trop les comprendre, des choses vagues et terrifiantes comme des fantômes. Mais devant la mort inévitable et prochaine, ce qui restait à faire était simple et prévu depuis des siècles par des lois infaillibles. M. le curé venait — que ce fût le jour ou la nuit — il venait de loin, apportant le Saint-Sacrement à travers les rivières torrentielles du printemps, sur la glace traîtresse, par les mauvais chemins emplis de neige, en face du norouâ cruel, il venait sans jamais manquer, escorté de miracles; il faisait les gestes consacrés, et après cela il n'y avait plus de place pour le doute ou la peur: la mort devenait une promotion auguste, une porte ouverte sur la béatitude inimaginable des élus...

La tempête s'était levée et faisait trembler les parois de la maison comme les vitres d'une fenêtre tremblent sous des rafales. Le norouâ arrivait en mugissant par-dessus les cimes du bois sombre; sur l'espace défriché et nu qui entourait les petites constructions de bois — la maison, l'étable et la

grange — il s'abattait et tourbillonnait quelques
secondes, violent, mauvais, avec des bourrasques
brusques qui tentaient de soulever la toiture ou bien
frappaient les murs comme des coups de bélier,
avant de repartir vers la forêt dans une ruée de dépit.

La maison de bois frissonnait du sol à la cheminée
et semblait osciller sur sa base, si bien que ses habitants, entendant les mugissements et les clameurs
aiguës de l'ennemi, sentant tout autour d'eux l'ébran-
lement de son choc, souffraient en vérité de presque
toute l'horreur de la tempête, n'ayant pas cette
impression d'asile sûr que donnent les fortes maisons de pierre.

Tit'Sèbe regarda autour de lui.

— C'est une bonne maison que vous avez là,
pareil; bien étanche et chaude... C'est-y votre père et
les garçons qui l'ont levée? Oui... Et de même vous
devez avoir pas mal grand de terre de faite, à cette
heure...

Le vent était si fort qu'ils n'entendirent pas les
grelots de l'attelage, et tout à coup la porte battit
contre le mur et le curé de Saint-Henri entra, portant
le Saint-Sacrement de ses deux mains levées. Maria
et Tit'Sèbe s'agenouillèrent; Tit'Bé courut fermer la
porte, puis se mit à genoux aussi. Le prêtre retira sa
grande pelisse de fourrure, la toque poudrée de neige
qui lui descendait jusqu'aux yeux, et s'en alla vers le
lit de la malade sans perdre une seconde, comme un
messager porteur d'une grâce.

Oh! La certitude! Le contentement d'une promesse auguste qui dissipe le brouillard redoutable de la mort! Pendant que le prêtre accomplissait les gestes consacrés et que son murmure se mêlait aux soupirs de la mourante, Samuel Chapdelaine et ses enfants priaient sans relever la tête, presque consolés, exempts de doute et d'inquiétude, sûrs que ce qui se passait là était un pacte conclu avec la divinité, qui faisait du Paradis bleu semé d'étoiles d'or un bien légitime.

Après cela le curé de Saint-Henri se chauffa au poêle; puis ils prièrent encore quelque temps ensemble, à genoux près du lit.

Vers quatre heures le vent sauta au sud-est, la tempête s'arrêta aussi brusquement qu'une lame qui frappe un mur, et dans le grand silence singulier qui suivit le tumulte, la mère Chapdelaine soupira deux fois, et mourut.

## XV

Éphrem Surprenant poussa la porte et parut sur le seuil.

— Je suis venu...

Il ne trouva pas d'autres mots et resta immobile quelques secondes, regardant l'un après l'autre d'un air gêné le père Chapdelaine, Maria, les enfants qui étaient assis près de la table, raides et muets; puis il enleva sa casquette d'un geste hâtif, comme pour réparer un oubli, referma la porte derrière lui et s'approcha du lit où reposait la morte.

On avait changé le lit de position, lui tournant la tête au mur et le pied vers l'intérieur de la maison, afin qu'il fût accessible des deux côtés. Près du mur, deux chandelles brûlaient sur des chaises; une d'elles était fichée dans un grand chandelier de métal blanc que les visiteurs de la famille Chapdelaine n'avaient encore jamais vu; pour l'autre, Maria n'avait rien pu trouver de plus approprié qu'une coupe de verre dans laquelle, l'été, on servait les bleuets et les framboises sauvages aux jours de cérémonie.

Le chandelier de métal luisait, le verre de la coupe scintillait à la lumière, qui n'éclairait pourtant que faiblement le visage de la morte. Il avait revêtu, ce visage, une pâleur singulière, raffinée, de femme des villes, effet des quelques jours de maladie ou bien du froid définitif des cadavres, dont le père Chapdelaine et ses enfants s'étaient d'abord un peu étonnés, y voyant ensuite une métamorphose auguste et qui marquait combien la mort l'avait déjà élevée au-dessus d'eux.

Éphrem Surprenant regarda quelques instants, puis s'agenouilla. Il ne murmura d'abord que des mots indistincts de prière; mais quand Maria et Tit'Bé vinrent s'agenouiller aussi près de lui il tira de sa poche son chapelet à gros grains et commença à le réciter à demi-voix.

Quand ce fut fini, il alla s'asseoir sur une chaise près de la table et resta silencieux quelque temps, secouant parfois la tête d'un air triste, comme il convient de faire dans une maison où il y a un deuil, et aussi parce qu'il était sincèrement chagriné.

— C'est une grande perte, fit-il enfin. Tu étais bien gréé de femme, Samuel; personne ne peut rien dire à l'encontre. Tu étais bien gréé de femme, certain!

Après cela, il se tut de nouveau, chercha sans les trouver des paroles de consolation, et finit par parler d'autre chose.

— Le temps est doux à soir: il va mouiller bientôt. Tout le monde dit que le printemps viendra de bonne heure.

Pour les paysans, tout ce qui touche à la terre qui les nourrit, et aux saisons qui tour à tour assoupissent et réveillent la terre, est si important qu'on peut en parler même à côté de la mort sans profanation. Tous dirigèrent instinctivement leurs regards vers la petite fenêtre carrée; mais la nuit était obscure et ils ne pouvaient rien voir.

Éphrem Surprenant fit de nouveau l'éloge de la morte.

— Dans toute la paroisse il n'y avait pas femme plus vaillante qu'elle, ni plus capable. Accueillante, avec ça, et quelle belle façon elle avait pour les visiteurs! Dans les vieilles paroisses et même dans les villes, où les chars passent, on n'en aurait pas trouvé beaucoup qui la valaient. Oui, tu étais bien gréé de femme, certain...

Il se leva bientôt, et sortit d'un air attristé.

Dans le long silence qui suivit, le père Chapdelaine laissa sa tête retomber peu à peu sur sa poitrine et parut s'assoupir. Maria éleva la voix, craignant un sacrilège.

— Endormez-vous point, son père.

— Non... Non...

Il se redressa sur sa chaise et carra les épaules; mais comme ses yeux se fermaient malgré lui il se leva bientôt.

— On va dire encore un chapelet, fit-il.

Ils allèrent s'agenouiller près du lit où reposait la morte et récitèrent un chapelet entier. Quand ils se relevèrent, ils entendirent la pluie qui fouettait la vitre et les bardeaux du toit. C'était la première pluie de printemps, et elle annonçait la délivrance, l'hiver

fini, la terre reparaissant bientôt, les rivières reprenant leur marche heureuse, le monde métamorphosé
une fois de plus comme une belle créature qu'un coup
de baguette miraculeux délivre enfin d'un maléfice...
Mais ils n'osaient s'en réjouir, dans cette maison où
pesait la mort, et véritablement ils n'éprouvaient
presque aucune joie, parce que leur chagrin était profond et sincère.

Ils ouvrirent la fenêtre et s'assirent de nouveau,
prêtant l'oreille au crépitement des gouttes pesantes
sur la toiture. Maria vit que son père avait détourné
la tête et restait immobile: elle crut que son assoupissement habituel du soir s'emparait de lui une fois de
plus; mais au moment où elle allait le réveiller d'un
mot, ce fut lui qui soupira et se mit à parler.

— Éphrem Surprenant a dit la vérité, fit-il. Ta
mère était une bonne femme, Maria, une femme
dépareillée.

Maria fit « oui » de la tête, serrant les lèvres.

— Courageuse et de bon conseil, elle l'a été tant
qu'elle a vécu, mais c'est surtout dans les commence-
ments, juste après notre mariage, et un peu plus tard,
quand Esdras et toi vous étiez encore jeunets, qu'elle
s'est montrée rare. La femme d'un petit habitant
s'attend bien d'avoir de la misère; mais des femmes
qui vont à la besogne aussi capablement et d'une si
belle humeur comme elle a fait dans ce temps-là, il
n'y en a pas beaucoup, Maria.

Maria murmura:

— Je sais, son père; je sais bien.

Et elle s'essuya les yeux, car son cœur se fondait.

— Quand nous avons pris notre première terre à

Normandin, nous avions deux vaches et pas gros de pacage, car presque tout ce lot-là était encore en bois debout, et difficile à faire. Moi j'ai pris ma hache et puis je lui ai dit: « Je vas te faire de la terre, Laura! » Et du matin au soir, c'était bûche, bûche, sans jamais revenir à la maison hormis que pour le dîner; et tout ce temps-là elle faisait le ménage et l'ordinaire, elle soignait les animaux, elle mettait les clôtures en ordre, elle nettoyait l'étable, peinant sans arrêter, et trois ou quatre fois dans la journée elle sortait devant la porte et restait un moment à me regarder, là-bas à la lisière du bois, où je fessais de toutes mes forces sur les épinettes et les bouleaux pour lui faire de la terre.

« Et puis voilà qu'en juillet le puits a tari: les vaches n'avaient plus d'eau à leur soif et elles ont quasiment arrêté de donner du lait. Alors pendant que j'étais dans le bois, ta mère s'est mise à voyager à la rivière avec une chaudière dans chaque main, remontant l'écarre huit et dix fois de suite avec ses chaudières pleines, les pieds dans le sable coulant, jusqu'à ce qu'elle ait eu fini de remplir un quart; et quand le quart était plein, elle le chargeait sur une brouette et elle s'en allait le vider dans la grande cuve dans le clos des vaches, à plus de trois cents verges de la maison, au pied du cran. C'était pas un ouvrage de femme, ça, et je lui ai bien dit de me laisser faire; mais toutes les fois elle se mettait à crier: « Occupe-toi pas de ça, toi... Occupe-toi de rien. Fais-moi de la terre... » Et elle riait pour m'encourager, mais je voyais bien qu'elle avait eu de la misère, et que le dessous de ses yeux était tout noir de fatigue.

« Alors je prenais ma hache et je m'en allais dans

le bois, et je fessais si fort sur les bouleaux que je faisais sauter des morceaux gros comme le poignet, en me disant que c'était une femme dépareillée que j'avais là, et que si le bon Dieu me gardait ma santé je lui ferais une belle terre... »

La pluie crépitait toujours sur le toit; de temps en temps un coup de vent venait fouetter la fenêtre de gouttes pesantes qui coulaient ensuite sur le carreau comme des larmes lentes. Encore quelques heures de pluie et ce serait le sol mis à nu, les ruisseaux se formant sur toutes les pentes; quelques jours, et de nouveau l'on entendrait les chutes...

— Quand nous avons pris une autre terre en haut de Mistassini, reprit Samuel Chapdelaine, ça a été la même chose: du travail dur et de la misère pour elle comme pour moi; mais toujours encouragée et de belle humeur... Là nous étions en plein dans le bois; mais comme il y avait des clairières avec du foin bleu parmi les roches, nous nous sommes mis à élever des moutons. Un soir...

Il se tut encore quelques instants, puis recommença à parler en regardant Maria fixement comme s'il voulait lui faire bien comprendre ce qu'il allait dire.

— ...C'était en septembre; au temps où toutes les bêtes dans le bois deviennent mauvaises. Un homme de Mistassini qui descendait la rivière en canot s'était arrêté près de chez nous et il nous avait dit comme ça: « Prenez garde à vos moutons, les ours sont venus tuer une génisse tout près des maisons la semaine passée. » Alors ta mère et moi nous sommes allés ce soir-là virer au foin bleu pour faire rentrer les moutons au clos la nuit, pour pas que les ours les mangent.

« Moi j'avais pris par un bord et elle par l'autre, à cause que les moutons s'égaillaient dans les aulnes. C'était à la brunante, et tout à coup j'entends Laura qui crie: « Ah! les maudits! » Il y avait des bêtes qui remuaient dans la brousse, et c'était facile de voir que c'étaient pas des moutons, à cause que dans le bois, vers le soir, les moutons font des taches blanches. Alors je me suis mis à courir tant que j'ai pu, ma hache à la main. Ta mère me l'a conté plus tard, quand nous étions de retour à la maison: elle avait vu un mouton couché par terre, déjà mort, et deux ours qui étaient après le manger. Ça prend un bon homme, pas peureux de rien, pour faire face à des ours en septembre, même avec un fusil; et quand c'est une femme avec rien dans la main, le mieux qu'elle peut faire c'est de se sauver et personne n'a rien à dire. Mais ta mère, elle a ramassé un bois par terre et elle a couru dret sur les ours, en criant:

« Nos beaux moutons gras!... Sauvez-vous, grands voleux, ou je vas vous faire du mal! »

« Moi, j'arrivais en galopant tant que je pouvais à travers les chousses; mais le temps que je la rejoigne les ours s'étaient sauvés dans le bois sans rien dire, tout piteux, parce qu'elle les avait épeurés comme il faut... »

Maria écoutait, retenant son haleine, et se demandant si vraiment c'était bien sa mère qui avait fait cela: sa mère qu'elle avait toujours connue douce et patiente, et qui n'avait jamais donné une taloche à Télesphore sans le prendre ensuite sur ses genoux pour le consoler, pleurant avec lui, et disant que de battre un enfant, il y avait de quoi lui briser le coeur.

La courte averse de printemps était déjà finie; la lune se montrait à travers les nuages comme un visage curieux venant voir ce qui restait encore de la neige de l'hiver après cette première pluie. Le sol était toujours d'une blancheur uniforme; le silence profond de la nuit annonçait que bien des jours encore s'écouleraient avant qu'on n'entendît de nouveau le tonnerre lointain des grandes chutes; mais la brise tiède chuchotait des encouragements et des promesses.

Samuel Chapdelaine se tut quelque temps, la tête penchée, les mains sur ses genoux, se souvenant du passé et des dures années pourtant pleines d'espérance. Quand il recommença à parler, ce fut d'une voix hésitante, avec une sorte d'humilité mélancolique.

— À Normandin, et à Mistassini, et dans les autres places où nous avons passé, j'ai toujours travaillé fort; personne ne peut rien dire à l'encontre. J'ai clairé bien des arpents de bois, et bâti des maisons et des granges, en me disant toutes les fois qu'un jour viendrait où nous aurions une belle terre, et où ta mère pourrait vivre comme les femmes des vieilles paroisses, avec de beaux champs nus des deux bords de la maison aussi loin qu'on peut voir, un jardin de légumes, de belles vaches grasses dans les clos... Et voilà qu'elle est morte tout de même dans une place à moitié sauvage, loin des autres maisons et des églises et si près du bois qu'il y a des nuits où l'on entend crier les renards. Et c'est ma faute, si elle est morte dans une place de même; c'est ma faute, certain!

Le remords l'étreignait; il secouait la tête, les yeux à terre.

— Plusieurs fois, après que nous avions passé cinq ou six ans dans une place et que tout avait bien marché, nous commencions à avoir un beau bien: du pacage, de grands morceaux de terre faite prêts à être semés, une maison toute tapissée en dedans avec des gazettes à images... Il venait du monde qui s'établissait autour de nous; il n'y avait rien qu'à attendre un peu en travaillant tranquillement et nous aurions été au milieu d'une belle paroisse où Laura aurait pu faire un règne heureux... Et puis tout à coup le coeur me manquait; je me sentais tanné de l'ouvrage, tanné du pays; je me mettais à haïr les faces des gens qui prenaient des lots dans le voisinage et qui venaient nous voir, pensant que nous serions heureux d'avoir de la visite après être restés seuls si longtemps. J'entendais dire que plus loin vers le haut du lac, dans le bois, il y avait de la bonne terre; que du monde de Saint-Gédéon parlait de prendre des lots de ce côté-là, et voilà que cette place dont j'entendais parler, que je n'avais jamais vue et où il n'y avait encore personne, je me mettais à avoir faim et soif d'elle comme si c'était la place où j'étais né...

« Dans ce temps-là, quand l'ouvrage de la journée était fini, au lieu de rester à fumer près du poêle, j'allais m'asseoir sur le perron et je restais là sans grouiller, comme un homme qui a le mal du pays et qui s'ennuie, et tout ce que je voyais là devant moi: le bien que j'avais fait moi-même avec tant de peine et de misère, les champs, les clôtures, le cran qui bouchait la vue, je le haïssais à en perdre la raison.

« Alors ta mère venait par derrière sans faire de bruit; elle regardait aussi notre bien, et je savais qu'elle était contente dans le fond de son coeur, parce que ça commençait à ressembler aux vieilles paroisses où elle avait été élevée et où elle aurait voulu faire tout son règne. Mais au lieu de me dire que je n'étais qu'un vieux simple et un fou de vouloir m'en aller, comme bien des femmes auraient fait, et de me chercher des chicanes pour ma folie, elle ne faisait rien que soupirer un peu, en songeant à la misère qui allait recommencer dans une autre place dans les bois, et elle me disait comme ça tout doucement:

« Eh bien, Samuel! C'est-y qu'on va encore mouver bientôt? »

« Dans ces temps-là je ne pouvais pas lui répondre, tant j'étranglais de honte, à cause de la vie misérable qu'elle faisait avec moi; mais je savais bien que je finirais par partir encore pour m'en aller plus haut vers le nord, plus loin dans le bois, et qu'elle viendrait avec moi et prendrait sa part de la dure besogne du commencement, toujours aussi capablement, encouragée et de belle humeur, sans jamais un mot de chicane ni de malice... »

Après cela il se tut, et sembla ruminer longuement son regret et son chagrin. Maria soupira et se passa les mains sur la figure, comme l'on fait quand on veut effacer ou oublier quelque chose; mais en vérité elle ne désirait rien oublier. Ce qu'elle venait d'entendre l'avait émue et troublée; elle avait l'intuition confuse que ce récit d'une vie dure, bravement vécue, avait

pour elle un sens profond et opportun, et qu'il conte-
nait une leçon, si seulement elle pouvait comprendre...

«Comme on connaît mal les gens!» songea-t-elle.
Dès le seuil de la mort, sa mère semblait prendre un
aspect auguste et singulier, et voici que les qualités
familières, humbles, qui l'avaient fait aimer de son
vivant, disparaissaient derrière d'autres vertus presque héroïques.

Vivre toute sa vie en des lieux désolés, lorsqu'on
aurait aimé la compagnie des autres humains et la
sécurité paisible des villages; peiner de l'aube à la
nuit, dépensant toutes les forces de son corps en
mille dures besognes, et garder de l'aube à la nuit
toute sa patience et une sérénité joyeuse; ne jamais
voir autour de soi que la nature primitive, sauvage, le
bois inhumain, et garder au milieu de tout cela l'ordre raisonnable, et la douceur, et la gaieté, qui sont
les fruits de bien des siècles de vie sans rudesse,
c'était une chose difficile et méritoire, assurément.
Et quelle était la récompense? Quelques mots
d'éloge, après la mort...

Est-ce que cela en valait la peine? La question ne se
posait pas dans son esprit avec cette netteté; mais
c'était bien à cela qu'elle songeait. Vivre ainsi, aussi
durement, aussi bravement, et laisser tant de regret
derrière soi, peu de femmes en étaient capables. Elle-
même...

Le ciel baigné de lune était singulièrement lumi-
neux et profond, et d'un bout à l'autre de ce ciel des
nuages curieusement découpés, semblables à des
décors, défilaient comme une procession solennelle.
Le sol blanc n'évoquait aucune idée de froid ni de tris-

tesse, car la brise était tiède, et quelque vertu mystérieuse du printemps qui venait faisait de la neige un
simple déguisement du paysage, nullement redoutable, et que l'on devinait condamné à bientôt
disparaître.

Maria, assise près de la petite fenêtre, regarda
quelque temps sans y penser le ciel, le sol blanc, la
barre lointaine de la forêt, et tout à coup il lui sembla
que cette question qu'elle s'était posée à elle-même
venait de recevoir une réponse. Vivre ainsi, dans ce
pays, comme sa mère avait vécu, et puis mourir et
laisser derrière soi un homme chagriné et le souvenir
des vertus essentielles de sa race, elle sentait qu'elle
serait capable de cela. Elle s'en rendait compte sans
aucune vanité, et comme si la réponse était venue
d'ailleurs. Oui, elle serait capable de cela; et une sorte
d'étonnement lui vint, comme si c'était là une nouvelle révélation inattendue.

Elle pourrait vivre ainsi; seulement... elle n'avait
pas dessein de le faire... Un peu plus tard, quand ce
deuil serait fini, Lorenzo Surprenant reviendrait des
États pour la troisième fois et l'emmènerait vers l'inconnu magique des villes, loin des grands bois qu'elle
détestait, loin du pays barbare où les hommes qui
s'étaient écartés mouraient sans secours, où les
femmes souffraient et agonisaient longuement, tandis qu'on s'en allait chercher une aide inefficace au
long des interminables chemins emplis de neige.
Pourquoi rester là, et tant peiner, et tant souffrir,
lorsqu'on pouvait s'en aller vers le sud et vivre
heureux?

Le vent tiède qui annonçait le printemps vint battre la fenêtre, apportant quelques bruits confus: le murmure des arbres serrés dont les branches frémissent et se frôlent, le cri lointain d'un hibou; puis le silence solennel régna de nouveau. Samuel Chapdelaine s'était endormi; mais ce sommeil au chevet de la mort n'avait rien de grossier ni de sacrilège; le menton sur sa poitrine, les mains ouvertes sur ses genoux, il semblait plongé dans un accablement triste, ou bien enfoncé dans une demi-mort volontaire où il suivait d'un peu plus près la disparue.

Maria se demandait encore: Pourquoi rester là, et tant peiner, et tant souffrir?... Pourquoi?... Et comme elle ne trouvait pas de réponse voici que du silence de la nuit, à la longue, des voix s'élevèrent.

Elles n'avaient rien de miraculeux, ces voix: chacun de nous en entend de semblables lorsqu'il s'isole et se recueille assez pour laisser loin derrière lui le tumulte mesquin de la vie journalière. Seulement elles parlent plus haut et plus clair aux coeurs simples, au milieu des grands bois du Nord et des campagnes désolées. Comme Maria songeait aux merveilles lointaines des cités, la première voix vint lui rappeler en chuchotant les cent douceurs méconnues du pays qu'elle voulait fuir.

L'apparition quasi miraculeuse de la terre au printemps, après les longs mois d'hiver... La neige redoutable se muant en ruisselets espiègles sur toutes les pentes; les racines surgissant, puis la mousse encore gonflée d'eau, et bientôt le sol délivré sur lequel on marche avec des regards de délice et des soupirs d'allégresse, comme en une exquise convalescence... Un peu plus tard les bourgeons se montraient sur les bouleaux, les aulnes et les trembles, le bois de charme se couvrait de fleurs roses, et après le repos forcé de l'hiver le dur travail de la terre était presque une fête; peiner du matin au soir semblait une permission bénie...

Le bétail enfin délivré de l'étable entrait en courant dans les clos et se gorgeait d'herbe neuve. Toutes les créatures de l'année: les veaux, les jeunes volailles, les agnelets batifolaient au soleil et croissaient de jour en jour tout comme le foin et l'orge. Le plus pauvre des fermiers s'arrêtait parfois au milieu de sa cour ou de ses champs, les mains dans ses poches, et savourait le grand contentement de savoir que la chaleur du soleil, la pluie tiède, l'alchimie généreuse de la terre — toutes sortes de forces géantes — travaillaient en esclaves soumises pour lui... pour lui...

Après cela c'était l'été; l'éblouissement des midis ensoleillés, la montée de l'air brûlant qui faisait vaciller l'horizon et la lisière du bois, les mouches tourbillonnant dans la lumière, et à trois cents pas de la maison les rapides et la chute — écume blanche sur l'eau noire — dont la seule vue répandait une fraîcheur délicieuse. Puis la moisson, le grain nourricier s'empilant dans les granges, l'automne, et bientôt l'hiver qui revenait... Mais voici que miraculeusement l'hiver ne paraissait plus détestable et terrible: il apportait tout au moins l'intimité de la maison close, et au dehors, avec la monotonie et le silence de la neige amoncelée, la paix, une grande paix...

Dans les villes il y aurait les merveilles dont Lorenzo Surprenant avait parlé, et ces autres mer-

veilles qu'elle imaginait elle-même confusément: les
larges rues illuminées, les magasins magnifiques, la
vie facile, presque sans labeur, emplie de petits plaisirs. Mais peut-être se lassait-on de ce vertige à la
longue, et les soirs où l'on ne désirait rien que le
repos et la tranquillité, où retrouver la quiétude des
champs et des bois, la caresse de la première brise
fraîche venant du nord-ouest après le coucher du
soleil, et la paix infinie de la campagne s'endormant
tout entière dans le silence?

« Ça doit être beau, pourtant! » se dit-elle en songeant aux grandes cités américaines. Et une autre
voix s'éleva comme une réponse.

Là-bas c'était l'étranger: des gens d'une autre race
parlant d'autre chose dans une autre langue, chantant d'autres chansons... Ici...

Tous les noms de son pays, ceux qu'elle entendait
tous les jours comme ceux qu'elle n'avait entendus
qu'une fois, se réveillèrent dans sa mémoire: les
mille noms que des paysans pieux venus de France
ont donné aux lacs, aux rivières, aux villages de la
contrée nouvelle qu'ils découvraient et peuplaient à
mesure... lac à l'Eau-Claire... La Famine... Saint-
Coeur-de-Marie... Trois-Pistoles... Sainte-Rose-du-
Dégelé... Pointe-aux-Outardes... Saint-André-de-
l'Épouvante...

Eutrope Gagnon avait un oncle qui demeurait à
Saint-André-de-l'Épouvante; Racicot, de Honfleur,
parlait souvent de son fils qui était chauffeur à bord
d'un bateau du Golfe, et chaque fois c'étaient encore
des noms nouveaux qui venaient s'ajouter aux
anciens: les noms de villages de pêcheurs ou de petits

ports du Saint-Laurent, dispersés sur les rives entre lesquelles les navires d'autrefois étaient montés bravement vers l'inconnu... Pointe-Mille-Vaches... Les Escoumains... Notre-Dame-du-Portage... Les Grandes-Bergeronnes... Gaspé...

Qu'il était plaisant d'entendre prononcer ces noms, lorsqu'on parlait de parents ou d'amis éloignés, ou bien de longs voyages! Comme ils étaient familiers et fraternels, donnant chaque fois une sensation chaude de parenté, faisant que chacun songeait en les répétant: « Dans tout ce pays-ci nous sommes chez nous... chez nous... »

Vers l'ouest, dès qu'on sortait de la province, vers le sud, dès qu'on avait passé la frontière, ce n'étaient plus partout que des noms anglais, qu'on apprenait à prononcer à la longue et qui finissaient par sembler naturels sans doute; mais où retrouver la douceur joyeuse des noms français?

Les mots d'une langue étrangère sonnant sur toutes les lèvres, dans les rues, dans les magasins... de petites filles se prenant par la main pour danser une ronde et entonnant une chanson que l'on ne comprenait pas... Ici...

Maria regardait son père qui dormait toujours, le menton sur sa poitrine comme un homme accablé qui médite sur la mort, et de suite elle se souvint des cantiques et des chansons naïves qu'il apprenait aux enfants presque chaque soir.

> À la claire fontaine,
> M'en allant promener...

Dans les villes des États, même si l'on apprenait aux enfants ces chansons-là, sûrement ils auraient vite fait de les oublier!

Les nuages épars qui tout à l'heure défilaient d'un bout à l'autre du ciel baigné de lune s'étaient fondus en une immense nappe grise, pourtant ténue, qui ne faisait que tamiser la lumière; le sol couvert de neige mi-fondue était blafard, et entre ces deux étendues claires la lisière noire de la forêt s'allongeait comme le front d'une armée.

Maria frissonna; l'attendrissement qui était venu baigner son coeur s'évanouit; elle se dit une fois de plus:

« Tout de même... c'est un pays dur, icitte. Pourquoi rester? »

Alors une troisième voix plus grande que les autres s'éleva dans le silence: la voix du pays de Québec, qui était à moitié un chant de femme et à moitié un sermon de prêtre.

Elle vint comme un son de cloche, comme la clameur auguste des orgues dans les églises, comme une complainte naïve et comme le cri perçant et prolongé par lequel les bûcherons s'appellent dans les bois. Car en vérité tout ce qui fait l'âme de la province tenait dans cette voix: la solennité chère du vieux culte, la douceur de la vieille langue jalousement gardée, la splendeur et la force barbare du pays neuf où une race ancienne a retrouvé son adolescence.

Elle disait:

« Nous sommes venus il y a trois cents ans, et nous sommes restés... Ceux qui nous ont menés ici pourraient revenir parmi nous sans amertume et sans chagrin, car s'il est vrai que nous n'ayons guère appris, assurément nous n'avons rien oublié.

« Nous avions apporté d'outre-mer nos prières et nos chansons: elles sont toujours les mêmes. Nous avions apporté dans nos poitrines le coeur des hommes de notre pays, vaillant et vif, aussi prompt à la pitié qu'au rire, le coeur le plus humain de tous les coeurs humains: il n'a pas changé. Nous avons marqué un pan du continent nouveau, de Gaspé à Montréal, de Saint-Jean-d'Iberville à l'Ungava, en disant: Ici toutes les choses que nous avons apportées avec nous, notre culte, notre langue, nos vertus et jusqu'à nos faiblesses deviennent des choses sacrées, intangibles et qui devront demeurer jusqu'à la fin.

« Autour de nous des étrangers sont venus, qu'il nous plaît d'appeler des barbares; ils ont pris presque tout le pouvoir; ils ont acquis presque tout l'argent; mais au pays de Québec rien n'a changé. Rien ne changera, parce que nous sommes un témoignage. De nous-mêmes et de nos destinées, nous n'avons compris clairement que ce devoir-là: persister... nous maintenir... Et nous nous sommes maintenus, peut-être afin que dans plusieurs siècles encore le monde se tourne vers nous et dise: Ces gens sont d'une race qui ne sait pas mourir... Nous sommes un témoignage.

« C'est pourquoi il faut rester dans la province où nos pères sont restés, et vivre comme ils ont vécu, pour obéir au commandement inexprimé qui s'est formé dans leurs coeurs, qui a passé dans les nôtres et que nous devrons transmettre à notre tour à de nombreux enfants: Au pays de Québec rien ne doit mourir et rien ne doit changer... »

L'immense nappe grise qui cachait le ciel s'était faite plus opaque et plus épaisse, et soudain la pluie recommença à tomber, approchant encore un peu

l'époque bénie de la terre nue et des rivières délivrées. Samuel Chapdelaine dormait toujours, le
menton sur sa poitrine, comme un vieil homme que
la fatigue d'une longue vie dure aurait tout à coup
accablé. Les flammes des deux chandelles fichées
dans le chandelier de métal et dans la coupe de verre
vacillaient sous la brise tiède, de sorte que des
ombres dansaient sur le visage de la morte et que ses
lèvres semblaient murmurer des prières ou chuchoter des secrets.

Maria Chapdelaine sortit de son rêve et songea:
« Alors je vais rester ici... de même! » car les voix
avaient parlé clairement et elle sentait qu'il fallait
obéir. Le souvenir de ses autres devoirs ne vint
qu'ensuite, après qu'elle se fût résignée, avec un soupir. Alma-Rose était encore toute petite; sa mère
était morte et il fallait bien qu'il restât une femme à
la maison. Mais en vérité c'étaient les voix qui lui
avaient enseigné son chemin.

La pluie crépitait sur les bardeaux du toit, et le
monde heureux de voir l'hiver fini envoyait par la
fenêtre ouverte de petites bouffées de brise tiède qui
semblaient des soupirs d'aise. À travers les heures de
la nuit Maria resta immobile, les mains croisées dans
son giron, patiente et sans amertume, mais songeant
avec un peu de regret pathétique aux merveilles lointaines qu'elle ne connaîtrait jamais, et aussi aux souvenirs tristes du pays où il lui était commandé de
vivre; à la flamme chaude qui n'avait caressé son
coeur que pour s'éloigner sans retour, et aux grands
bois emplis de neige d'où les garçons téméraires ne
reviennent pas.

## XVI

En mai, Esdras et Da'Bé descendirent des chantiers, et leur chagrin raviva le chagrin des autres. Mais la terre enfin nue attendait la semence, et aucun deuil ne pouvait dispenser du labeur de l'été.

Eutrope Gagnon vint veiller un soir, et peut-être, en regardant à la dérobée le visage de Maria, devinat-il que son coeur avait changé, car lorsqu'ils se trouvèrent seuls il demanda:

— Calculez-vous toujours de vous en aller, Maria?

Elle fit: « Non » de la tête, les yeux à terre.

— Alors... Je sais bien que ça n'est pas le temps de parler de ça; mais si vous pouviez me dire que j'ai une chance pour plus tard, j'endurerais mieux l'attente.

Maria lui répondit:

— Oui... Si vous voulez je vous marierai comme vous m'avez demandé, le printemps d'après ce printemps-ci, quand les hommes reviendront du bois pour les semailles.

FIN

# Notes et variantes
suivies
d'un index des personnages
et
d'un index des lieux

Sont relevées ici les variantes des éditions *Le Temps* (*T*), *J.-A. LeFebvre* (*L*), *Bernard Grasset*, « Les Cahiers Verts », (*G²¹*), *Bernard Grasset 1921* (*G¹*), *Bernard Grasset* (*G²⁴*), *Fides*, « Collection du Nénuphar » (*F⁴⁶*), *id.*,(*F⁵⁷*). Les leçons des éditions *Le Livre de Poche* (*G⁶¹*) et *Bernard Grasset* (*G⁶⁷*) sont signalées quand elles s'écartent de l'édition *Grasset* de 1924, celles de *Fides*, « Édition scolaire » (*F⁶⁰*) et « Bibliothèque Canadienne-Française » (*F⁷⁰*) quand elles s'écartent de l'édition *Fides* de 1957. *G* et *F* employés seuls indiquent que les variantes sont reproduites dans toutes les éditions *Grasset* et *Fides*.

L'astérisque signale les corrections et les additions, à la mine, de Louis Hémon. Les leçons du manuscrit précèdent les variantes. Les leçons du manuscrit suivies du sigle *cor.* indiquent les corrections apportées au manuscrit; suit le sigle de la première édition où se rencontre la modification. Les chiffres renvoient aux pages de l'édition.

1 la petitesse de l'église de bois, la petitesse des quelques maisons de bois espacées ] *la petitesse de l'église de bois et des quelques maisons, de bois également, espacées*: *T,L,G,F*. — 2 *que rien ne peut empêcher de rire ] peut *fait au-dessus de* pouvait *raturé.* — 2 doublé en peau de mouton ] *d. de peau d.m.*: *T,L,G,F*. — 3 avant les premières neiges ] *a. l. dernières n.*: *T,L,G,F*; *premières*: *F⁶⁰*, *F⁷⁰*. — 3 *à fond dans les poches ] à fond *fait sur* enfoncées *effacé.* — 3 venir me trouver ] *ms.* retrouver, re- *raturé.* — 4 être foreman ] *ê. un f.*: *T,L,G,F*. — 5 vifs comme des écureux ] *ms. v. c. ces é.*: *cor. T.* — 6 C'est de valeur ] *C'est de malheur*: *T,L,G,F*. — 8 reconnue tout de même ]*r. tout de suite*: *L,G,F*. — 9 grand lac Mistassini ] *g. l. à Mistassini*: *T,L,G,F*. — 9 *aulnes ] -l- *ajouté. La correction est générale dans le manuscrit.* — 10 Le printemps qui arrivait ] *Le printemps arrivait*: *G,F*. — 11 la glace de printemps ] *l. g. du p.*: *G²⁴*, *F*. — 11 avant que vous ne l'emmeniez ] ne *omis*: *T,L,G,F*. — 11 Nazaire Larouche ]*N. Latouche*: *G²¹*, *G⁶¹*, *G⁶⁷*. — 12 ben maigre ]*bien m.*: *F⁶⁰*, *F⁷⁰*. — 12 Vous aimez ça, vous ] vous *au-dessus de* Mademoiselle Chapdelaine *raturé.* —

12 une autre tranche ] *u. seconde t.*: *T,L,G,F.* — 12 se fâcha de
ces manières ] *s. f. d. ses m.*: *G²⁴, F.* — 13 étendait la main ]
*étendit l. m.*: *T,L,G,F.* — 14 grand malavenant ] *g. malvenant*:
*G¹, G²⁴, F.* — 14 continuée depuis à appeler ] depuis *omis*:
*T,L,G,F.* — 14 chacune entourée d'une étendue ] *chaque e. d'u.
é.*: *F⁶⁰, F⁷⁰* — 14 fond vert sombre de sapins et de cyprès ] de
sapins *omis*: *T,L,G,F.* — 15 ne fut plus qu'une cité ] plus *omis*:
*F⁶⁰, F⁷⁰.* — 15 couchés à terre et recouverts de neige, ou ces
autres squelettes ] *omis*: *F⁶⁰, F⁷⁰.* — 15 de haute mer ] *de mer
haute*: *G, F.* — 17 le grand chemin pour un autre chemin qui ]
*p. u. autre qui*: *T,L,G,F.* — 18 une longue montée ] longue
*omis*: *T,L,G,F.* — 19 *ces autres nouvelles ] c- *fait sur l-
effacé*; *les a. n.*: *T,L,G,F.* — 20 Adélard Perron ]*Abélard P.*:
*T,L,G,F.* — 21 aucune autre cloison ] autre *omis*: *G,F.* —
21 *deux appartements distincts ] distincts *fait sur* séparés
*effacé.* — 22 néfastes ou bienfaisants ] *n. o. bienveillants*:
*T,L,G,F.* — 24 le laissant seul dans ] seul *omis*: *F.* — 24 une
interminable mélopée, simple, pleine de redites ] simple *omis*:
*T,L,G,F.* — 25 la fin de septembre ] *l. f. d'octobre*: *L.* —
25 avant qu'on ne puisse ] ne *omis*: *T,L,G,F.* — 25 fit Tit'Bé ]
*dit Tit'Bé*: *L,G,F.* — 25 Depuis deux ans déjà, il ] déjà *omis*:
*G¹, G²⁴, F.* — 25 un étranger se fût probablement ] *u. é. en f.
p.*: *F.* — 26 mouches harcelantes ] *insectes harcelants*:
*T,L,G,F.* — 26 Ici c'est l'homme ] *Icitte c'e. l'h.*: *T,L,G,F.* —
27 ces créatures se sont affranchies ] se *omis*: *T,L,G,F.* —
28 ses grâces d'étape inaccessible ] *s. g. d'état i.*: *T,L,G,F.* —
28 d'une façon vague... qu'ils voyaient ] *F⁷⁰ intervertit les
lignes.* — 28 à revoir chaque dimanche soir ] *à recevoir c. d. s.*:
*G, F.* — 31 alternance de pluies chaudes ] *a. des p. c.*: *F.* —
31 se montrait déjà ] déjà *omis*: *T,L,G,F.* — 32 *Au soir ] soir
*fait sur* seuil *effacé.* — 33 ce n'était quasiment plus ] *ce n'é.
plus quasiment*: *F⁵⁷.* — 33 à travers le bois ] *à t. les b.*: *G¹, G²⁴,
F*; *à t. b.*: *G⁶¹, G⁶⁷.* — 34 elle n'avait vraiment pas changé ] *e.
n'était v. p. changée*: *G,F.* — 34 à cause de sa force ] *ms.* à force
de sa f.: *cor. T.* — 35 les mouches tout l'été ] tout *omis*:
*T,L,G,F.* — 36 l'égal de François Paradis ] *ms.* pareil *raturé.*

*suivi de* l'égal. — 36 la mort de mon père ] *l. m. de « son »*
*père: T,L,G,F.* — 37 Vous avez connu mon père ] *V. a. c.*
*« son » père: T,L,G,F.* — 37 ça a été tout pareil ] *ça été t. p.:*
*T,L,G,G²¹; ç'a été t. p.: G¹, G²⁴, F.* — 38 si loin dans le bois ] *s. l. d.*
*les bois: F⁵⁷.* — 39 avant que je ne me décide ] *ne omis:*
*T,L,G,F.* — 39 elle se sentit honteuse ] *e. s. sentait h.: L,G,F.*
— 41 et montrait en tout ] *et montrant e. t.: L,G,F.* —
43 Courade ] *Conrade: F⁵⁷.* — 43 deux et trois fois la
semaine ] *deux ou trois f. l. s.: G²⁴; deux ou trois f. par s.: F⁵⁷.*
— 43 n'exprimait rien qu'une ] *rien omis: : T,L,G,F.* —
44 l'étable faite de troncs bruts ] *faite omis: G,F.* — 44 au
milieu des taillis d'aulnes ] *a.m. d'un taillis d'a.: G¹, G²⁴, F.* —
45 un bacul ] *ms. un bat-cul: T,L,G,F⁴⁶; le b.: F⁵⁷.* — 46 remplissant les assiettes ] *remplissaient l. a.: F⁵⁷.* — 46 sur leurs
chaises ] *sur les c.: G¹, G²⁴, F.* — 49 avant trois semaines ] *ms.*
*a. cinq s.: cor. T.* — 49 la chaleur arriva soudain, abrupte ] *l. c.*
*a. soudain, torride: T,L,G,F.* — 50 continuaient leur travail ] *c.*
*le t.: T,L,G,F.* — 51 portant loin au-dessus de la terre ] *se*
*répercutant au-dessus de la t.: T,L,G,F.* — 51 Son halètement
s'entendait] *S. h. s'entendit: F.* — 51 Ciboire] *Vingt-gueux: L.*
— 52 *elle annonçait le dîner ] dîner *fait sur* souper *effacé.*
53 teinte bleu pâle ] *t. plus p.: F⁵⁷.* — 53 atacas ] *atocas: L,G,F.*
— 54 seaux d'étain de toutes tailles, vides ] *de toutes tailles*
*omis: T,L,G,F.* — 55 mais aussi un homme seul ] *aussi omis:*
*L,G,F.* — 55 Il dit que ça allait bien ] *Il a dit que ça a. b.:*
*T,L,G,F.* — 56 trois mois dans le bois ] *t. m. d. les b.: F⁵⁷.* —
57 trouver tout leur monde mort ] *t. t. le m. m.: G¹, G²⁴, F.* —
57 canot ] *ms. canoe: cor. L.* — 57 dans des traîneaux ] *d. les*
*t.: F⁵⁷.* — 60 Ouais. On en a parlé ] *Oui. On en a p.: L.* —
60 bien des Canayens ] *b. d. Canadiens: T,L,G,F.* — 60 plus de
Canayens ] *p. d. Canadiens: T,L,G,F.* — 61 Ouais. Et par les
chars ] *Oui. Et p. l. c.: L,G,F.* — 62 se réduisit à un cercle ] *se*
*réduisait à un c.: F.* — 62 une caisse renversée ] *u. chaise r.:*
*G,F.* — 63 manqué en mourir ] *m. de m.: F⁵⁷.* — 63 canots ]
*ms. canoes: cor. T.* — 63 manqué se noyer ] *m. de s. n.:*
*T,L,G,F.* — 63 justement celui ] justement *omis: G¹, G²⁴, F.* —

63 tout du long ] *t. le l.*: G²⁴, F. — 64 jeu de cartes, les cartes ] *jeu de cartes, des c.*: T,L,G,F. — 65 répétait que cela lui rappelait les veillées ] *répétait les veillées*: T,L,G,F. — 66 empli pour eux ] *rempli p. e.*: T,L,G,F. — 68 cueilleur ] *cueillette*: G,F. — 68 des premières gelées ] *d. dernières g.*: F⁶⁰, F⁷⁰ — 69 regarda autour de lui ] *ms.* regarda quelque temps a. d. l.: quelque temps *raturé.* — 69 ne poussa de cri ] *n. p. un c.*: T,L,G,F. — 69 poitrine profonde ] *p. forte*: T,L,G,F. — 73 Légaré ] *ms.* Lagacé: *cor.* T. — 74 *Cinq jours ] cinq *fait sur* trois *effacé.* — 76 tous jeunes ] *tout j.*: T,L,G,F. — 77 faire venir le ciment ] faire venir *écrit au-dessus de* rapporter *raturé.* — 79 mon Dou! ] *ms.*, Mon doux!: *cor.* L. — 79 avant que ce moment-là ne vienne ] ne *omis*: T,L,G,F. — 79 toutes ces choses ] *toutes choses*: F. — 80 *l'intuition confuse ] intuition *fait sur* instinct *effacé, -e ajouté.* — 80 quelque chose de pareil ] de *omis*: F⁵⁷. — 80 un grand bruissement ] *u. g. mugissement*: G¹, G²⁴, F. — 81 Ce n'était pas vrai ] *Ce n'est p. v.*: T,L,G,F. — 81 Lorsqu'elle pense à ] *Lorsqu'elle songe à*: T,L,G,F. — 83 pas un jour ne s'écoulait ] *p. u. j. n. s'écoula*: T,L,G,F. — 85 par un calcul qui ressemblait à une charité ] *omis*: T,L,G,F. — 85 commençaient à jaunir ] *commencent à j.*: T,L,G,F. — 85 même pas d'amertume ] *même d'amertume*: T,L,G,F. — 88 le dommage de l'année ] *les dommages de l'année*: T,L,G,F. — 93 souvent parlé chez les Chapdelaine des fêtes ] *souvent parlé des fêtes chez les C.*: G²⁴, F. — 94 qui seraient sûrement accordées ] *ms.*, exaucées *raturé, suivi de* accordées. — 95 *Maria soupira ] soupira *au-dessus de* se résigna *raturé.* — 95 C'est-il vrai, sa mère ] il *omis*: F. — 96 puis ce fut ] *puis ce furent*: T,L,G²¹, G⁶¹, G⁶⁷. — 98 elle ne prononça les paroles ] *e. n. prononça plus les p.*: F⁷⁰. — 98 les squelettes de créatures ] *l. s. des c.*: F. — 98 devina ces regrets ] *d. ses r.*: G¹, G²⁴, F. — 99 aux lois de la nature et aux lois de l'Église ] *aux lois de la nature et de l'Église*: T,L,G,F. — 99 vint en chercher sa part ] en *omis*: G¹, G²⁴, F. — 101 Et maintenant?... il entonna: ] *suit* Nous irons jouer dans l'île: L. — 101 prompromener ] *ms.* promener: *cor.* L. — 102 Pour lui avoir mal

parlé... ] *Sans pouvoir la r'trouver: L.* — 104 s'illuminaient maintenant pour la venue ] maintenant *omis: T,L,G,F.* — 104 ce ne soit un sacrilège ] un *omis: F*[57]. — 108 avec nous à soir ] *a. n. ce s.: T,L,G,F.* — 108 son casque de laine ] de laine *omis: F.* — 109 Ouais ] *Oui: L.* — 110 mais vous connaissiez ] *m. v. connaissez: L,G,F.* — 110 a voulu venir ici ] *a. v. v. icitte: T,L,G,F.* — 110 rase l'eau ] rase *écrite au-dessus de* effleure *raturé.* — 110 Ouais ] *Oui: L.* — 112 ben fret ] *bien fret: F*[57]. 112 la tempête dure ] tempête *écrit au-dessus de* neige *raturé.* — 112 *dans la forêt ] forêt *au-dessus de* bois *raturé.* — 112 seulement pour un jour ] pour *omis: G*[1], *G*[24], *F.* — 113 imploration ] *imploraison: G*[24], *F*[46]; *imploration: G*[61], *G*[67], *F*[57]. — 114 Et toujours de bonne humeur, avec ça ] *omis: G*[24], *F.* — 115 la porte par où une colonne ] par *omis: F*[57]. — 116 dans le bois ] *d. les b.: G,F.* — 116 s'élevèrent de nouveau ] *s'é. à n.: F*[57]. — 117 défilent dans sa pensée ] *défilèrent d. s. p.: F.* — 117 Point ne lui est besoin ] *Point n'est besoin: T,L,G,F.* — 117 vers le Nord désert ] *ms.* v. l. N. cruel: cruel *raturé, suivi de* désert. — 118 comme sur une proie ] sur *omis: T,L,G,F.* — 118 avant que l'inconscience miséricordieuse ne vienne ] ne *omis: T,L,G,F.* — 119 accablé du courroux divin ] *a. de c. d.: G*[1], *G*[24], *F.* — 119 des messes ] *ms.* des messes pour le repos de son âme: pour le repos de son âme *raturé.* — 123 secouer sa tristesse ] *s. la t.: F*[60], *F*[70]. — 124 Viens un peu... fit-il. Et ] *omis: L.* — 124 Et il la précéda ] Et *omis: G,F.* — 124 épidémies du bétail ] *é. de b.: T,L,G,F.* — 125 Assis-toué là ] *Assis-toi là: L.* — 125 dans son antre et attend ] *d. s. antre, et attendit: T,L,G,F.* — 125 opèrent ] *opérassent: T,L,G,F.* — 126 comme ton père m'a dit ] *c. t. p. l'a d.: F*[57]. — 126 ses années de purgatoire ] *son temps de p.: L,G,F.* — 126 une seule phrase ] seule *omis: G,F.* — 127 autre qu'il n'avait été ] *a. qu'il avait é.: F*[60], *F*[70]. — 127 s'aggriffant ] *ms.* s'agrichant: *cor. T.* — 129 Il fallait bien que ] bien *omis: G*[1], *G*[24], *F.* — 129 *de distance ] distance *au-dessus de* leur maison *raturé.* — 131 j'étais accordeur, fit-il ] *j'étais a., dit-il: T,L,G,F.* — 131 d'un air un peu supérieur ] un peu *omis: G*[1], *G*[24], *F.* —

131 ben instruit ] *bien i.*: F⁶⁰, F⁷⁰. — 132 cela ne servait guère ] *cela ne servirait g.*: G²⁴, F. — 132 libre sur le sol fécondé ] *libre du sol fécondé*: G,F. — 133 à leurs comptoirs, à leurs bureaux ] à leurs bureaux *omis*: F⁶⁰, F⁷⁰; à leurs comptoirs *répété*: F⁷⁰. — 135 qui ont eu plus de chance ] eu *omis*: G²⁴, F. — 135 qui soit aussi cruel ni aussi stupide ] aussi cruel ni *omis*: T,L,G,F. — 135 l'avant-midi ] *l'après-midi*: T,L,G,F. — 136 pas de défense contre elles ] *pas la défense c.e.*: F⁶⁰, F⁷⁰. — 137 pour bien réussir sur la terre ] bien *omis*: G¹, G²⁴, F. — 137 sensible à la force des paroles ] *sensible à la parole*: T,L,G,F. — 137 secouait encore la tête ] encore *omis*: T,L,G,F. — 137 Ne me dites pas ça ] me *omis*: T,L,G,F. — 138 C'était bien vrai ce que ] bien *omis*: T,L,G²¹; *C'est vrai ce que*: G¹, G²⁴, F. — 138 Racicot raconta ] *R. racontait*: G²⁴, F. — 139 des histoires de revenants ] *les histoires de r.*: F⁵⁷. — 139 pareilles à de merveilleux spectacles ] *p. à des m. s.*: T,L,G,F. — 141 malavenant ] *malvenant*: F⁵⁷. — 142 sans craindre de trébucher ] *sans crainte de t.*: T,L,G,F. — 142 vous n'avez pas d'idée ] *v. n'avez pas l'idée*: G¹, G²⁴, F. — 142 familles canayennes ] *f. canadiennes*: T,L,G,F. — 144 à son linceul, passif, ] passif *omis*: G¹, G²⁴, F. — 145 ne répondait toujours rien ] *n. r. t. pas*: T,L,G,F. — 145 Il n'y a pas guère ] *ms.* Il n'a pas guère: T,L; *Il n'y a guère*: G,F. — 145 des vêtements ] *ses v.*: T,L,G,F. — 145 en songeant à son grand ennui ] *et songeant à s. g. e.*: F⁵⁷. — 147 descendant du pays ] *descendu du p.*: F⁶⁰, F⁷⁰. — 148 craignait de ne pouvoir ] *redoutait de ne p.*: T,L,G,F. — 148 vous aimiez le mieux ] le *omis*: T,L,G,F. — 148 tout payés ] *ms.* tous payés: *cor.* L. — 149 dans ma poche, claires ] *ms.* d. m. p., clair: T,L,G,F. — 150 peu à peu ] *non répété*: F⁵⁷. — 150 *ça serait mon plaisir ] mon *au-dessus de* un *raturé*. — 151 avant que le monde ne fût devenu ] ne *omis*: T,L,G,F. — 151 poitrine profonde ] *p. forte*: T,L,G,F. — 151 *coeur limpide et honnête ] coeur *au-dessus de* corps *raturé*. — 151 qu'il leur fallût dire ] *ms.* qu'il lui f. d.: *cor.* T. — 153 demandaient de les épouser ] *d. à l'épouser*: G¹, G²⁴, F. — 153 dans les grands bois désolés ] grands *omis*: G²⁴, F. —

153  mon Dou! ] *ms.* mon doux!: *cor. L.* — 153  et disant d'un
air de défi ] *en disant d'u. a. d. d.: T,L,G,F.* — 155  et puis s'était
éloignée ] *qui s'était é.: T,L,G,F.* — 155  Il lui en était resté ] en
*omis: F*[60]*, F*[70]*.* — 155  désirer comme une compensation ]
comme *omis: G*[1]*, G*[24]*, F.* — 158  fit-elle bientôt ] *dit-elle b.:*
*L,G,F.* — 158  à matin ] *ce m.: T,L,G,F.* — 158  mon Dou! ] *ms.*
mon doux!: *cor. L.* — 159  Je pourrais atteler ] *Je pourrai a.:*
*L,G,F.* — 162  émue par des plaintes ] par *omis: T,L,G,F.* —
162  Ça va-t-il pas mieux ] pas  *omis: L,G,F.* — 162  mon
Dou! ] *ms.* mon doux!: *cor. L.* — 162  mon Dou! ] *ms.* mon
doux!: *cor. L.* — 164  chevaux enfoncent ] *c. enfonçant: F*[46]*,*
*F*[57]*;* c. enfoncent: *F*[60]*, F*[70]*.* — 164  gisait la malade ] *ms.* était
*raturé, suivi de* gisait. — 164  doit être pas loin ] pas *omis: F*[57]*.*
— 167  *fioles ] *fait sur* formes *effacé.* — 169  n'était pas le
bon remède ] *n'é. pas un b. r.: F*[57]*.* — 171  Il partit de suite ] *Il*
*p. tout de suite: F*[57]*.* — 171  Je n'ai pas pu venir ] pas *omis: G*[1]*,*
*G*[24]*, F.* — 172  pâtit bien fort ] bien *omis: F*[60]*, F*[70]*.* —
172  imposaient la confiance ] *ms.* le respect *raturé, suivi de* la
confiance. — 173  les maladies de même ] *les malades de m.:*
*F*[57]*.* — 174  laisser cette femme mourir ] *l. c. pauvre f. m.:*
*T,L,G,F.* — 174  avant que Monsieur le curé ne revienne ] ne
*omis: T,L,G,F.* — 175  l'issue triste, inévitable ] *l'i. t. et i.:*
*L,G,F.* — 175  Ouais: je vas atteler ] *Oui: j. v. a.: L,G,F.* —
176  *C'était la nuit ] *ms.* dans la nuit: dans *raturé.* — 176  et
que les garçons ] *ms.* et les g.: *cor. T.* — 178  clameurs aiguës
de l'ennemi ] *c. a. du vent: G*[1]*, G*[24]*, F.* — 178  terre de faite ] de
*omis: G,F.* — 178  À partir de la page 178, la pagination est
faite à la main. — 183  et aux saisons qui ] *et aussi aux s.:*
*T,L,G,F.* — 183  pluie de printemps ] *p. du p.: T,L,G,F.* —
185  hormis que pour le dîner ] *h. q. pour dîner. F*[46]*; hormis*
*pour le d.: G*[61]*, G*[67]*, F*[57]*, F*[60]*, F*[70] *reviennent au manuscrit.*
185  ta mère s'est mise à voyager ] *la mère s'e. m. à v.: L,G,F.* —
185  huit et dix fois ] *huit à dix f.: G*[61]*, G*[67]*.* — 186  ça a été ] *ç'a*
*été: T,L,G*[21]*; ça été: G*[1]*, G*[24]*, F.* — 186  en plein dans le bois ]
dans le *omis: T,L,G,F.* — 186  canot ]*ms.* canoe: *cor. T.* —
186  semaine passée ] *ms.* dernière *raturé, suivi de* passée. —

186  Alors ta mère ] *A. la m.*: L,G,F. — 187  Mais ta mère ] *M. la m.*: L,G,F. — 187  je vas vous faire du mal ] *je vais v. f. d. m.*: F. — 187  elle les avait épeurés ] *e. l. a. apeurés*: G,F. — 188  avant qu'on n'entendît ] ne *omis*: T,L,G,F. — 188  dans les clos ] *d. le c.*: G[1], G[24], F. — 191  des autres humains ] *ms.* hommes *raturé, suivi de* humains. — 193  silence solennel régna de nouveau ] régna *omis*: F[46], F[57], F[60], F[70] *reviennent au manuscrit.* — 194  tout comme le foin ] tout *omis*: F[46], F[57], F[60], F[70] *reviennent au manuscrit.* — 195  *lacs ] *fait sur* bois *effacé.* — 195  Sainte-Rose-du-Dégelé ] *ms.* de: *cor.* L. — 196  et de suite elle ] *et tout de suite elle*: T,L,G,F; G[61] *revient au manuscrit.* — 197  la lisière noire de la forêt ] noire *omis*: F. — 197  race ancienne ] *racine a.*: G[1], G[24], F. — 198  un pan du continent nouveau ] *u. plan d. c. n.*: T,L,G,F. — 198  des barbares ] *les b.*: G[24], F; G[61], G[67] *reviennent au manuscrit.* — 199  le monde heureux ] *la nature heureuse*: T,L,G,F.

# Index des personnages

# Index des lieux

# Table des matières

p. 190-191 → père
p. 138 / 197-199 → race
62 - 192 → mère

2½ pages
600 mots

Mise en pages et typographie :
Les Éditions du Boréal

Ce quatrième tirage a été achevé d'imprimer en septembre 1995,
sur les presses de l'imprimerie Gagné, à Louiseville, Québec.